Una imatge
més que mil

Biblioteca Universal, 152

Jesús Tuson

Una imatge no val més que mil paraules

(contra els tòpics)

Editorial Empúries

Barcelona

Primera edició: febrer del 2001
Dotzena edició: juliol del 2006
Disseny de la coberta: Electra dissenyadors

Grup Editorial 62, s. l. u., Editorial Empúries
Peu de la Creu, 4, 08001 Barcelona
correu@grup62.com
grup62.com

Fotocomposició: Víctor Igual, s. l.

Imprès a Novagràfik s.l., Pol. Ind. Foinvasa, Vivaldi, 5,
08110 Montcada i Reixac

Dipòsit legal: B. 36.511-2006
ISBN: 84-7596-782-5

Per a l'Amparo i el Carlos,
mestres de mestres,
mestres de la bona conversa
i esperits crítics.

Presentació

Com que la realitat sol ser força complexa, els humans sempre hem tingut una certa tendència a simplificar-la per poder abastar amb relativa comoditat tot el que ens envolta. És per això que ens referim a un menjar *bo* o *dolent*, a una casa *neta* o *bruta* i a una persona *insubornable* o *corrupta*: tot així de senzill, bipolar i sense matisos. En part, potser, perquè en les llengües hi ha les paraules antònimes que tot ho decideixen per la via ràpida de les caracteritzacions taxatives.

Portada aquesta tendència maniquea fins als límits, trobem els estereotips o clixés, promoguts entre els grups culturals, que són com una mena de catecisme social, vigent mentre no es demostri el contrari; és a dir, mentre no es pugui copsar la ridiculesa d'algunes afirmacions que circulen com a falsa moneda legal; enunciats que van passant de generació en generació gràcies a un procés de transmissió realment curiós i, de vegades, ple de misteris pel que fa al lloc de naixement d'aquestes fórmules estereotipades.

Algunes d'aquestes afirmacions, per exemple, poden atribuir-se a franctiradors concrets i influents, i són escampades per determinats mitjans de comunicació («un estat plurilingüe és molt car de mantenir»); d'altres, sembla que tenen el seu origen en algun departament de propaganda proper als poders fàctics («les llengües amb més parlants són més útils»); en tercer lloc, hi ha els estereotips que molt probablement han sorgit en un món educatiu tradicional i acrític («fer literatura és cosa de pocs, ben dotats per la natura»); finalment, també hi ha fórmules simplificadores, nascudes de manera espontània, que poden arribar a créixer en terres abonades per la ignorància i la manca de realisme («més val dedicar les hores de català a l'estudi de l'anglès»).

Aquest llibre és bel·ligerant contra tot d'estereotips socials que han arribat a formar part de la vida mental de moltes persones i recull una col·lecció de quinze afirmacions que qualsevol pot augmentar furgant en la seva pròpia experiència. Tot és qüestió d'esmolar les eines de la crítica i replantejar-nos si, tal vegada, hem cregut massa de pressa i sense matisos els dogmes d'una societat simplificada que alguns voldrien de «pensament únic».

És per tot això que el llibre inclou un «no» en el títol; i aquesta és també la raó per la qual cada capítol està presidit per una afirmació entre cometes que haurem de sotmetre a revisió. Des del pensament crític, que no vol admetre ensarronades.

Part primera

De comunicació oral i escrita

1

«Una imatge val més que mil paraules»

Cal que en parlem. Fins i tot hi ha qui pensa que aquesta poca-soltada la va escriure Marshall McLuhan i, pel que sembla, és un aforisme xinès, molt i molt antic. Imaginem, ara, un xinès de Pequín i un altre de Canton, que parlen unes varietats lingüístiques tan diversificades i allunyades entre elles que, a la pràctica, són tan inintel·ligibles i diferents com l'anglès i l'alemany. Es troben, aquests dos xinesos, volen fer-ne les coneixences, i arriben a la trista conclusió que la comunicació oral és impossible. Cap problema: si tenen paper faran els signes de l'escriptura comuna, aquells logogrames tan artístics i, si no hi ha paper a l'abast, practicaran l'anomenada «escriptura de mans» dibuixant els signes oportuns al palmell. Problema resolt: ara sí, una imatge val més que mil paraules. Però aquest no n'és el cas; aquesta n'és l'excepció.

Els qui parlen de l'omnipotència de la imatge, per sobre de l'ús oral i escrit de la llengua, sembla que són molt moderns, però perden de vista que els humans, a més de moderns, portem més de cent mil anys com a espècie vivent xerrant constantment i fent, proporcionalment, poques figuretes a les parets de les coves. La parla ens és consubstancial com a espècie; és un dels ingredients distintius de la humanitat. Les pintures, en canvi, a les coves o als quadres, són un a més a més, interessant i fins i tot sorprenent, però no afegeixen res de significatiu a la nostra condició humana. Dit més clar: vam arribar a l'estatus de *sapiens* moderns sense dibuixos, vam viure sense imatges uns setanta mil anys i només en fa uns trenta mil que van aparèixer les primeres representacions, diguem-ne escultòriques, en forma de «venus» o deesses de la fertilitat, en el període aurinyacià, segons interpreten els entesos. I vam seguir amb la parla, que és allò que, de debò, val més que mil imatges.

Pensem, ara, en dos caçadors a l'aguait d'una peça (un bisó, per exemple) que traurà el ventre de pena a la colla que els espera, famolenca i delerosa, dins la cova. Tenen els arcs tensos, els ulls fits en els punts precisos: un al coll del bisó, l'altre a la panxa. I, de cop, el primer caçador li ha de dir al segon que més val que tots dos disparin al coll. Destensa, doncs, l'arc, toca l'espatlla de l'amic i dibuixa al terra les imatges del canvi de plans. El bisó, mentrestant, fa quatre o sis passes, desapareix rere els matolls, i també s'esfumen les esperances d'afegir una mica de proteïnes necessàries a la dieta. És clar que els humans vam desenvolupar llengües orals i no pas d'imatges! I és per això que encara sobrevivim en aquesta terra, potser difícil, on els animals es poden amagar en un tres i no res.

És cert, però, que han passat cent mil anys i que vivim, avui, en la modernor més desfermada, pobres de nosaltres. Potser abans no, dirà algú, però ara les imatges són imprescindibles i poden arribar a copsar i commoure molt més que les paraules. Fins i tot hi ha qui no pot suportar els llibres sense il·lustracions o els diaris amb poques fotografies; i tots coneixem algunes persones que trien cada dia, al quiosc de la cantonada, les publicacions més privades de lletra i més carregades d'imatges: amb els titulars de lletra gegantina, les fotos i, a tot estirar, els peus de fotos ja en tenen prou i de sobres. I, és clar, diuen que van d'informats per la vida.

És innegable, però, que la presència de la imatge és abassegadora: cinema i televisió, tanques publicitàries arreu, revistes il·lustrades de tota mena, enciclopèdies visuals en paper o en suport informàtic, senyals de circulació, icones esportives, marques fins i tot a la roba... El problema fonamental, però, és quin tipus d'informació podem arribar a transmetre amb aquests elements visuals: «compri aquest cotxe», «el príncep de Gal·les es banya en bermudes a les Bermudes», «Katmandú es troba aquí», «pas de vianants: els bípeds, primer», «renteu aquesta camisa a menys de trenta graus», i altres coses per l'estil. I bé, si la comunicació humana no passés d'aquests nivells, caldria que ens imaginéssim no com a *Homo sapiens*, sinó més aviat com alguna espècie d'*australopitecí* mitjanament espavilat, fent els senyals imprescindibles per cridar l'atenció d'altri, o per ordenar alguna cosa, o per expressar qualsevol desig elemental. La parla dels humans, però, és tota una altra història.

Ja em dirà algú com es pot comunicar la idea exclusivament humana de la condicionalitat només amb imatges més o menys realistes: «Vindré amb tu, si no fas aquesta mala cara.» O com es pot dibuixar la finalitat: «treballo una mica més per pagar-me unes vacances a Escandinàvia, ben fresquet». O com es pot donar la idea de la consecutivitat amb pintures: «Fa fred. Tanca, doncs, la finestra.» I, fixeu-vos-hi, es tracta d'estructures oracionals ben senzilles, el pa de cada dia de la nostra manera de comunicar-nos, de la manera humana d'anar pel món. Els ximpanzés, cosins germans nostres, no fan res d'això. I cap defensor a ultrança de les imatges i del seu poder podria atribuir un dibuix realista al *si* condicional, al *per* final o al *doncs* consecutiu. Tres operacions lingüístiques d'estar per casa; tres operacions lingüístiques prodigiosament abstractes: humanes.

Amb imatges podem fer notar algunes coses més aviat elementals («paisatge pintoresc», «precaució a causa d'unes obres») i també podem donar ordres («direcció obligatòria», «prohibit l'aparcament»); fins i tot podrem garratibar els espectadors amb les instantànies i filmacions de catàstrofes variades i lamentables; però poca cosa més, en el fons. Perquè només les llengües tenen una capacitat sintàctica, o concatenativa, monumental: les imatges mostren fragments de la realitat; amb les paraules, en canvi, construïm la novel·la de la realitat, teixim la seqüència dels fets, dels fets ocorreguts i dels ficticis. Provarem d'explicar-ho, això, amb unes ratlles de Mercè Rodoreda (*Isabel i Maria*): «Avui que estic sola hauria de fer el que ja volia fer la meva mare: tirar una ampolla de salfumant a la buganvília. I ho hauria de fer ara, que és la primera vegada que em sento com si fos la mestressa d'aquesta casa, després de quinze anys de netejar-la.»

¿Quin defensor de la preeminència de les imatges se'n sortiria per donar cos gràfic a l'«hauria de fer», al «volia fer», a l'«em sento com si fos»? En canvi, el text ha creat en la nostra imaginació, amb la màxima facilitat, les representacions de l'obligació, del desig i del domini. Més encara: són les paraules de Rodoreda les que han creat al nostre cervell les imatges d'una dona sola a la casa que, per un moment, és la seva casa. De manera que, curiosament, les imatges tenen una capacitat discursiva limitada; mentre que les paraules, convertides en text, poden desvetllar imatges mentals sense límit. Donem, doncs, la volta al mitjó: «Unes poques paraules, ben agermanades, valen molt més que tot d'imatges.» ¿Hi estem d'acord?

I més, encara. Els humans tenim dèries molt curioses i, de tant en tant, ens vaga de parlar de la «bondat», de l'«honestedat», de la «corrupció», de la «malvolença» i d'altres entitats abstractes, inaprehensibles i volàtils. I sembla que entenem força bé coses com aquestes: que algú ha deixat d'«estimar» algú perquè aquest segon ha donat senyals de «malvolença». O bé que l'«honestedat» d'un polític és la «causa» que sigui més votat que un altre, el passat del qual és «dubtós». I ens passem una part important de la nostra vida xerrant sobre conceptes que només existeixen dins la nostra closca i que de cap manera podríem dibuixar. Només excepcionalment, com la «justícia» representada amb una figura d'ulls embenats que aguanta unes balances. ¿Com, però, representarem la «malvolença» i, més encara, la noció de «causa»? «La carretera està tallada *perquè* hi ha hagut una esllavissada.» Ara sí: amb paraules; no pas amb imatges.

No serem, però, excloents: les imatges també són creació humana i, en determinades circumstàncies, poden ser força útils: en una estació del ferrocarril, en un aeroport o en una autopista. En aquesta darrera, per exemple, un panell informatiu en què han dibuixat un llit i la inscripció de la distància en quilòmetres és molt més pràctic que una seqüència verbal que digui: «Senyors viatgers, d'aquí a trenta-cinc quilòmetres trobaran un hotel a l'àrea de servei en què podran passar la nit amb totes les comoditats del món.» A cent-vint per hora, ens hauríem quedat al «Senyors viatgers, d'aquí a». I, és clar, a les autopistes, poca broma amb els discursos sobre la bondat, la corrupció, la malvolença i les causes de les coses.

És l'hora, si així ho vol algú, d'oblidar-se dels dogmes, dels estereotips i de les màximes que tot ho simplifiquen. ¿Per què no podrien conviure en harmonia imatges i paraules, sense dictaminar la superioritat de les primeres? Recordem el pla-seqüència inicial de *Touch of Evil* (d'Orson Welles), i no oblidem pas els diàlegs de *Mighty Afrodite* (de Woody Allen). Uns diàlegs que mai no podran tenir versions gràfiques.

2

«Aviat desapareixerà l'escriptura»

Diuen que sí; però no cal que hi combreguem, amb aquesta roda de molí monumental. Ara bé, comptat i debatut, no seria cap tragèdia si, en el futur, els humans arribem a perdre l'escriptura: tornaríem, potser, al paleolític superior i viuríem com a pescadors, caçadors i recol·lectors dels fruits de la natura. Una condició que ens faria semblants al «bon salvatge» rousseaunià: una mena d'adams i eves, abans de la mossegada fatídica. No cal que anem tan lluny, però: en el món nostre hi ha tot de pobles àgrafs que viuen pacíficament la seva vida plenament humana sense el coneixement de l'escriptura. No la necessiten; de la mateixa manera que no els cal un pas de vianants, ni tampoc els semàfors, cotxes, frigorífics, rentadores, microones, televisors o equips de so. Aquests pobles (per exemple, els yanomanos de l'Amazònia) viuen perfectament ajustats a l'entorn i prenen cada dia de la natura el que necessiten per sobreviure amb dignitat i en pau... si els ho permeten els inhumans taladors dels boscos.

És evident, però, que la nostra vida d'occidentals (¿occidentals de quin orient?) no és aquesta i que la nostra existència se'ns ha complicat fins a límits inconcebibles. És en aquestes circumstàncies que l'escriptura ha esdevingut una eina indispensable per tal d'organitzar la societat terriblement enrevessada que hem arribat a construir. De fet, l'escriptura es va inventar a Mesopotàmia, ara fa una mica més de cinc mil anys, quan, en un període neolític força avançat, la producció agrícola i ramadera, el comerç i l'organització de les ciutats s'havien complicat tant que feien impossibles les transaccions purament verbals, l'administració basada en la memòria o la distribució espontània del menjar entre la població. És per això que va aparèixer la casta dels escrivans, gent il·lustrada que era capaç de fer anotacions permanents sobre tauletes d'argila i, d'aquesta manera, la memòria va poder descansar: gent molt i molt hàbil va trobar el sistema de fixar les paraules voladores mitjançant signes gràfics. I va néixer l'escriptura; ara fa cinc mil anys.

És a dir que els humans, plenament humans, hem viscut sense escriptura durant la major part del nostre recorregut. I és per això que abans hem dit que la desaparició de l'escriptura no representaria cap tragèdia. De fet, si reduïm els cent mil anys de la nostra existència com a *sapiens* moderns al temps d'un dia de vint-i-quatre hores, mesura ben abastable, l'escriptura fa la seva aparició estel·lar a les 22.40. Això vol dir que fa un hora i vint-minuts que escrivim. I vint-i-quatre d'humanitat plena i moderna. Cap tragèdia, doncs.

Amb tot, si arribéssim a oblidar l'escriptura (com hauria volgut Plató, carca genial i contradictori) hauríem de canviar de vida. ¿Algú és capaç d'imaginar la institució notarial sense escriptura? Eliminades, doncs, les notaries, ¿un jutjat, un negociat universitari, una llibreria, una editorial, un ajuntament, un registre civil, una companyia d'assegurances, els sistemes escolar i sanitari? ¿Internet sense escriptura? ¿Podem imaginar, ara com ara, ordinadors sense teclat i sense impressora? És clar que hauríem de canviar de vida. Radicalment. Perquè l'escriptura i la lectura són fets que, molt o poc, tenim absolutament incorporats o interioritzats en la nostra existència; de tal manera que, en aquests tipus de societat (i en qualsevol altra que es vulgui complicar la vida, com ho hem fet nosaltres), l'escriptura i la lectura han arribat a ser activitats del tot imprescindibles. Pensem, si no, en els nostres analfabets i en els problemes que pateixen si es volen moure sols en una ciutat plena d'indicacions escrites: «Escolti, jove, que m'he deixat les ulleres a casa. ¿Que em podria dir quin carrer és aquest?» És clar.

Sembla, més aviat, que tenim escriptura per molta estona. Cada any, a la Fira de Frankfurt, es presenten i s'ofereixen entre dos i tres-cents mil llibres de tota mena; i fins i tot diuen que alguns grans grups financers tenen l'avidesa d'apoderar-se de grapats d'editorials amb la intenció de guanyar molts diners amb la venda de llibres, com si els llibres fossin galons de benzina, sòl urbanitzable, companyies elèctriques o portals d'Internet. Al marge, però, d'aquestes consideracions, d'estadística i d'economia recreatives, la qüestió sobre l'oblit futur de l'escriptura sembla que no té gaire sentit. Preguntar-nos si desapareixerà l'escriptura és com inquirir sobre la desaparició de la roda, inventada també, curiosament, a Mesopotàmia poc abans de l'aparició de l'escriptura. O com plantejar si desapareixeran les eines, les estructures d'habitació o el control del foc.

I bé, quan un grup humà, empès per les circumstàncies, ha fet grans troballes (l'escriptura, la roda), i aquests ginys fa cinc mil anys que ens ajuden a alleugerir l'existència, això vol dir que ens trobem davant d'un guany perfectament consolidat. Aquesta és la qüestió. És per això que si algú té ara la temptació de tornar-se illetrat, tot esperant la volatilització imminent de l'escriptura que tant l'engavanya, pot esperar ben assegut: mai no veurà passar davant seu la pel·lícula, rebobinada, que ens portarà a la dimensió àgrafa del paleolític superior.

No pintem, però, el futur tan negre, en l'absència improbable de l'escriptura. Podem, fins i tot, adoptar una posició radical: desapareixerà l'escriptura i mantindrem sense recular els guanys i les complicacions de les nostres societats. En aquest cas haurem de fer un esforç titànic d'imaginació: haurem de crear un sistema que emmagatzemi la informació de manera més fàcil, més econòmica; un sistema prou senzill com perquè estigui a l'abast de tothom. I potser, posats a imaginar, no serà sobrer l'exercici següent. Seleccionem una llengua: l'anglès, per exemple. Ara començarem a recollir tota la producció escrita en aquesta llengua en els últims cent anys: llibres, revistes, diaris, fulletons, cartes, rebuts de toda mena, publicitat, escrits personals colgats al fons d'un calaix... Absolutament tot. Ja ho tenim, i ara el problema és on podríem encabir aquesta muntanya immensa de lletra, impresa o manual. Potser ni tan sols l'estadi de Maracanà podria acollir aquest volum gairebé inimaginable. I bé, tot aquest munt s'ha produït només amb poc més de dues dotzenes de lletres, de factura absolutament senzilla. Llarga vida, doncs, a l'escriptura.

3

«Fer literatura és cosa de pocs, ben dotats per la natura»

Ben mirat (i si volem exagerar una miqueta), aquesta afirmació podria sonar un pèl racista perquè qui diu això potser pensa, en el fons, que els humans no som ben bé iguals: els homes a la dreta i les dones a l'esquerra (ja ho diu la dita rància: «A la taula i al llit, la dreta és per al marit»); els de pell lletosa a la glòria i els de pell morena a fer les rases del cablejat; els occidentals, racionals i pràctics, i els orientals, sentimentals i artistes; els del nord, treballadors, i els del sud, mandrosos. En el cas que ens ocupa, doncs, hi hauria dues menes d'humans: uns pocs de privilegiats i, ben lluny d'aquests, la immensa majoria, gent més aviat vulgarota. Els primers rebrien una i una altra vegada les visites de Polímnia, musa grega de la poesia; els altres, pobres, tindríem com a alternativa, en el millor dels casos, la possibilitat de llegir els resultats d'aquestes visites: llegir la poesia d'un altre, des de la nostra radical inferioritat i impotència.

Ja ho diuen alguns, amb insistència malèvola: «el poeta no es fa; neix». I aquest «neix», taxatiu com un cop de fuet, marca la diferència irrebatible: «oblidi-se'n, vostè, no el van parir d'aquesta llei; en canvi, jo...»

I, doncs, no fer poesia o, en general, literatura vindria a ser un defecte de naixement, una tara indeleble, una mena de lletra escarlata penjada al pit per sempre més. Fer-se o néixer és la nova versió de la vella història de les muses, en les quals ja ningú no pot creure. Però hi ha una variant més nova encara, amarada de paragenètica recreativa, d'aquesta que es fabrica per passar l'estona: com que tot ho controlen els gens cada cop menys misteriosos, caldria suposar que els poetes en tenen uns d'especials, codificadors d'aquesta proteïna, singular i escassa, que anomenem literatura.

Fins i tot, per a alguns divins, els gran debats sobre el pes relatiu de la natura i de la cultura (o de les característiques genètiques d'un organisme, en el primer cas, i de l'acció de l'entorn com a factor no menyspreable en el desenvolupament de les previsions primeres, en el segon) serien debats sobrers, i el pes de l'argumentació s'inclinaria poderosament cap al primer ingredient del binomi: «La poesia és cosa de la natura; sóc un predestinat, sóc únic, oh pobres humans, i el meu destí és la immortalitat dels llorers perennes.» Aquests divins, però, haurien de dedicar un parell de minutets a considerar quins versos hauria escrit Petrarca si la seva subsistència i la de tota la seva família hagués depès de sis o set jornades setmanals, de sol a sol, treballant els camps ufanosos de la seva Arezzo natal.

Més aviat hauríem de pensar que l'obra poètica és qüestió d'ofici i dedicació; en cas contrari, l'alternativa només podria portar-nos a la sacralització improcedent d'una activitat ben humana. Perquè, per arribar a poeta, primer cal ser parlant ordinari: d'aquests que comencen per dir «nina cau», «vull aigua» o «tinc gana», coses ben senzilles, tendres i necessàries. I un cop tens llesta la pròpia llengua (o, amb el temps, una altra, o tres o quatre més), es pot plantejar si en fas un ús estètic, més o menys inhabitual o fora del que és el to i les urgències de cada dia. Feina ben humana, d'altra banda, perquè sovint ens ve de gust cantar, jugar a escacs, ballar el ball de bastons o empaitar una pilota; activitats sense utilitat pràctica coneguda o identificable. Però els humans som d'aquesta mena i ens vaga de fer coses excessives, de les quals no podem treure un profit immediat. Vull dir que en cap d'aquestes activitats està implicada la nostra supervivència estricta.

El joc dels escacs s'aprèn, i cal suposar que també es pot aprendre el joc de la poesia. S'aprèn a jugar a escacs si tens escacs i vius en una comunitat, ni que sigui petita, d'escaquistes. I més bé escaquejaràs com més aviat estiguis exposat a aquest joc i com més hores hi dediquis; ni Karpov, ni Kaspàrov van començar als cinquanta anys les seves malifetes: hi ha oficis que s'han d'aprendre més d'hora que d'altres, el de músic, per exemple, i, en general, tots els que tenen alguna cosa a veure amb codis complexos. En principi, doncs, i ben lluny de les místiques paragenètiques, per ser un poeta (o per fer literatura mitjanament decent) cal començar a llegir d'hora, si pot ser, i cal tenir ben present que «no hi ha llibre sense llibres», com ha remarcat Umberto Eco en ocasions diferents. Això vol dir que tot poeta té models, models recordats o oblidats i, en aquest segon cas, integrats en el fons de les seves habilitats lingüístiques.

Vistes així les coses, fer literatura no és res més que una capacitat a l'abast de qualsevol humà (pel fet de ser humà: els ximpanzés no fan literatura); una capacitat que es desenvoluparà si les circumstàncies de l'entorn ens resulten favorables i per part nostra hi posem interès i esforç. Al poeta-de-naixement li direm, doncs, que la seva obra excelsa (això no ho discutirà pas ningú) prové en un noranta-cinc per cent de la mare i del pare, dels germans, del tiet i la tieta, de l'àvia que li va explicar vés a saber quantes històries i també del veïnat, bona gent, tota aquesta, que li va fer el regal fastuós i natural de la llengua. A més, un quatre per cent impagable va ser cosa d'aquesta escola que, des del seu setial imaginat, el poeta-de-naixement tant menysprea. L'últim u per cent, també impagable, l'ha posat ell o ella, fent lectures no obligatòries de tota mena, provant tossudament ritmes, triant paraules que, segons el cas, s'agermanen dolçament o produeixen l'efecte d'un xoc brutal. Pocs fums, doncs, senyor poeta: sou tan humà com qualsevol.

I qui no es vegi amb cor de fer poesia, perquè les circumstàncies de la vida no li han ofert l'entorn favorable, que no es desanimi. En la nostra existència podem fer moltes coses tant o més boniques: passejar pel bosc, apuntar-nos a una organització no governamental, reparar amb cura els cotxes espatllats, restituir la salut dels pacients o ensenyar, si és possible amb gràcia, el poc que sabem. Tot, menys deixar-nos acomplexar per gent divina que està per sobre del bé i del mal, a l'altra banda de la ratlla. Això sí, si ens ve de gust, podrem gaudir de les seves obres, estrictament humanes. Mentrestant, si les investigacions biològiques arriben a descobrir el gen esmunyedís de la poesia, ben desenvolupat en alguns pocs i defectuós en la immensa majoria silenciosa, caldrà esperar que alguns investigadors esforçats s'empesquin la teràpia gènica adequada. Una teràpia si pot ser econòmica que pugui ser dispensada per la seguretat social.

4

«Els joves parlen malament i els periodistes escriuen malament»

Aquesta història és molt vella, en més d'un sentit. I no l'han pas escrita ni els joves, ni els periodistes. Passa, aquí, el que passa amb els acudits sobre (o contra) la gent del Quebec, que no se'ls han empescat els mateixos quebequesos, sinó alguns espavilats d'Ottawa, amb la intenció, probable, de ridiculitzar els que són diferents: si els pinto com a inferiors és que jo sóc superior. La frase, d'entrada, a més, s'inscriu de ple en la mentalitat i actitud d'aquells que canten les glòries del passat i menyspreen les coses d'avui i les maneres de fer i de dir de tots aquells que tenen al davant una vida llarga.

La frase, val a dir-ho, té també un regust elitista. ¿Hem de tornar a l'època en què hi havia un vuitanta per cent d'analfabets, un cinc per cent d'escolaritzats privilegiats i un quinze per cent de gent despistada? ¿Hem de rebobinar fins a les èpoques en què els diaris no feien ni la desena part del que fan avui i hem de recular als temps en què aquestes publicacions tenien vuit pàgines de mida petita, com si fossin un fulletó? És clar que escrivien millor, els periodistes del segle XIX..., si escrivien tan poc!

Però els temps han canviat, i avui és un fet incontestable que l'educació és (o hauria de ser) a l'abast de tothom i que s'ha produït, almenys en les nostres contrades culturals, una democratització de la lectura i l'escriptura que no té cap precedent històric. Abans, els quatre privilegiats que tenien estudis eren gent de casa bona, fins i tot de tradició lletrada, que podien parlar i escriure com a segregats de la xusma. Ara, en canvi, l'accés a la lletra té les portes obertes i, per sort, qualsevol membre de la xusma podem accedir-hi sense dificultats remarcables. Diguin el que diguin els pessimistes, mai com ara no hi havia hagut tanta gent capaç d'escriure i de llegir. I fan gràcia algunes enquestes en què es destaca que el quaranta-cinc per cent de la població mai no llegeix llibres. El que és realment sorprenent i encoratjador és que el cinquanta-cinc per cent de la població en llegeix!

I bé, quan s'aconsegueix l'extensió de qualsevol mena de coneixement o quan, com en el nostre cas, s'universalitza la pràctica de la lectura i l'escriptura, és normal que hi hagi de tot en la vinya cultural: des de gent que té dificultats fins als que dominen l'instrument de manera sorprenent i potser artística, tal vegada perquè els primers només han fet els estudis primaris i els altres han arrodonit amb llorers els superiors. Però això també passa en tot de dimensions del coneixement. Cal, doncs, que ens felicitem si hem superat etapes en què l'educació era cosa de quatre gats.

El que no és decent, ni és just, és predicar des de la

torre d'ivori i, menys encara, llegir la premsa i les revistes a la percaça de l'ensopegada. Com aquells que s'ho passen d'allò més bé llançant dardells a dianes alienes i trobant que aquella preposició no tocava, o que aquella paraula no significa el que suposadament es volia dir, o que aquell vocable és espuri perquè ve de la llengua que parlen a l'altra banda del canal de la Mànega. Val a dir que tots tenim el dret de buscar la perfecció absoluta, però és d'il·lusos creure que l'assolirem, i és de mal gust demanar als altres que arribin al súmmum d'aquesta perfecció. Dues o tres paraules i expressions discutibles en un text de dos folis, escrits esbufegant perquè al cap d'uns minuts tanquen l'edició del diari, és tota una proesa, ben mirat.

D'altra banda, els qui tenim com a ofici la Lingüística sabem del cert que les llengües canvien; si més no, això sí que ho sabem. I, en part, els canvis es produeixen perquè els parlants seguim i no seguim els models de les generacions anteriors, i cadascú fa seva la llengua heretada i, doncs, la modifica. Poc o molt. És per això, entre moltes altres causes, que no parlem com Adam i Eva, ni com els romans, ni com els nostres besavis. Què hi farem! I no podem pas deturar les llengües, no podem convertir-les en estàtues de sal o en fòssils venerables. Més encara, no podem pas garantir que la paraula *llibre*, d'aquí a cent anys, significarà el que avui significa: «conjunt de fulls impresos i aplegats en un volum, relligats». Perquè, en un futur que ja s'acosta, o bé del llibre en direm *book* (si les coses van mal dades), o bé direm *llibre* d'un artefacte electrònic que ni tindrà fulls, ni serà relligat, ni pròpiament parlant imprès. Com ara mateix diem *programa* d'una cosa que no ens donen ni a l'entrada d'un teatre o d'un concert, ni tan sols en el primer dia de classe de qualsevol assignatura: programa informàtic. Potser la paraula *llibre* fins i tot desapareixerà, o bé passarà a significar qualsevol altra cosa, com la paraula *cimera* que feia referència al plomall d'un casc i ara vol dir «reunió d'alts dignataris», ves quin canvi.

¿És, doncs, tot permès? No, tampoc es tracta d'això; perquè les llengües, entre moltes altres coses, són espais de coincidència i de convivència, i les hem fetes per entendre'ns i per anar plegats pel món. I perquè tota operació de coincidència, en qualsevol terreny, s'ha d'ajustar a unes regles del joc, ni que siguin mínimes. És per això que Jespersen, en parlar de la correcció deia que és «allò que és exigit per la comunitat lingüística a la qual pertanyem»; i afegia que l'ideal d'una norma és aconseguir «allò que, expressat més fàcilment, és rebut més fàcilment». Això sí, caldria que ens esforcéssim, si més no una mica, a dir les coses clares, eliminar les ambigüitats i equívocs, estalviar-nos les col·leccions immenses d'eufemismes i defugir el llenguatge políticament correcte amb què s'amaga deliberadament la crua realitat. I, en la mesura del que és possible i raonable, a fer sonar amb dignitat l'instrument que ens singularitza com a éssers humans. Perquè una mica de cura mai no fa mal.

¿I els joves? Alguns catastrofistes fins i tot han arribat a dir que són «semilingües»; és a dir, talment com si fossin humans a mitges. És clar, amb tot de *tios*, *rotllos*, *¿que et vols quedar amb mi?*, *¿ens obrim?* i una dotzena més d'expressions com aquestes, ja se'n surten els joves, diuen. Però els catastrofistes, que no són pas joves i que potser tenen una mica d'enveja vers la gent de la primera edat, perden de vista que una de les funcions del llenguatge és l'anomenada «fàtica» o del contacte; obliden que tot sovint parlem per donar-nos un copet a l'esquena o per fer-nos una mena de carícia, que arribem a casa i diem «Ja sóc aquí» i que ens contesten «¿Que ja has arribat?», ves quina cosa tan ridícula i absurda. Així, però, ens estalviem la violència terrible que suposaria una arribada i una rebuda dramàticament silencioses. Paciència, doncs, catastrofistes; perquè els joves d'avui són, com els d'ahir, parlants de ple dret: posen els articles, els noms, els adjectius i els verbs allà on toca; fan sense dubtar les concordances que cal fer; controlen a la perfecció l'ordre dels mots a la frase; introdueixen les subordinades adjectives sense cap dificultat i construeixen finals, concessives i consecutives com si res. Tenen, doncs, el control del sistema i, quan toqui, deixaran de parlar com adolescents (és a dir, quan ja siguin carrosses); però ara el que toca és que facin sonar la llengua entre ells com a llengua generacional. Perquè la modulació de la llengua és també un senyal d'identitat, una marca legítima de diferència.

I serà l'escola, amb l'ajut desitjable de tot d'instàncies socials, que regalarà als alumnes les modalitats de la varietat culta o formal, eines que hauran de saber manejar en tot de situacions diverses que els oferirà la vida. Però, cal insistir-hi, el sistema ja el tenen pel sol fet d'haver nascut humans; el sistema el tenen des que van fer cinc o sis anys, que és l'època en què el llenguatge, concretat en una o més llengües, ja s'havia desplegat en nosaltres. A partir d'aquí, tot és qüestió d'aconseguir petits refinaments, generalment d'adquisició de vocabulari, de controlar estructures un pèl més complexes i de potenciar les habilitats retòriques; poca cosa, comparada amb l'adquisició primerenca i natural de l'instrument expressiu i comunicatiu més enrevessat de tots els mecanismes coneguts. D'això, en parlarem tot seguit.

5

«El llenguatge és un mitjà de comunicació»

¿Com l'autobús, el tren o la bicicleta? ¿Des d'on i cap a on ens porten les llengües? ¿Encara arriben amb una hora de retard o ja han après la virtut delicada de la puntualitat? ¿Que tenen gaires accidents o són, en canvi, mitjans de comunicació força segurs? És clar que ningú no cometria l'error d'associar el llenguatge amb un tramvia! El que és curiós, però, és que la definició habitual de «llenguatge» (i de «llengua») ens el presenta, precisament, com un «mitjà de comunicació» o com un estri o mecanisme per a la transmissió d'informacions. I això converteix el llenguatge (i les llengües) en una mena d'artefacte utilitari, en un conjunt de peces que, combinades de manera convenient, poden servir per dir, per exemple, *El tren tramvia amb destinació a Vilanova, que surt a les 14.30, està situat a la via número quatre*.

Les llengües, és clar, permeten l'intercanvi d'informació, això ningú no ho podria pas negar; però també podríem definir-les, per exemple, com a mitjans per a la divisió del treball: «tu faràs això i jo faré allò»; «jo caçaré un conill, tu colliràs fruits dels arbres i aquell farà el sopar». De manera que fins i tot l'organització social, el sistema de classes i castes, el fet que uns manin i els altres obeeixin seria possible gràcies a l'existència de les llengües com a creadores de missatges coercitius. I algun espavilat ens podria definir la llengua, essencialment, com a «mitjà que permet la divisió del treball». Les llengües, però, tot i servir per a coses com aquestes, fan molta més feina, i més important. Per exemple, i sense intenció d'exhaustivitat, són el suport del pensament i fan possible el diàleg interior; a més, ens permeten acompanyar els altres i són el lligam privilegiat de la comunitat; per sobre de tot, però, ens ordenen el món i ens moblen la matèria grisa. Però anem a pams, perquè les llengües són autèntics monuments de la naturalesa.

I començarem pel suport del pensament i el diàleg interior. Per més que imaginem els humans molt xerraires de portes enfora, la veritat és que la major part del nostre temps l'invertim dialogant amb nosaltres mateixos; i aquesta activitat ens resulta tan natural i espontània que rara vegada som conscients de l'autoconversa: aquest diàleg en què l'emissor i el receptor som la mateixa persona. És clar que, de tant en tant, tenim el cap buit, i també sembla veritat que alguns poden pensar amb imatges, però de manera més aviat general i natural pensem en una llengua: amb les paraules i les construccions d'una llengua. Intenteu planificar tot el que fareu el cap de setmana que ve només amb imatges. Us en sortireu; però us costarà força perquè no és aquesta la manera com solem fer les feines del pensament. Encara més: tracteu de planificar el mateix cap de setmana mossegant-vos la punta de la llengua i comprovareu que la feina es complica. Això el que demostra és que, quan pensem, fem els anomenats moviments subvocals, una mena de parla amb sordina, i que l'activitat de la llengua (la de la nostra boca) acompanya els nostres pensaments fent, reduïdes, les articulacions del llenguatge. Quan pensem, doncs, parlem.

Aquest diàleg intern, responsable principal de la consciència (jo sóc «jo» perquè així m'anomeno a mi mateix) és també el suport de l'autoexpressió lliure: en aquest reducte personal inatacable, puc dir les coses sense cap restricció; i la censura més ferotge mai no podrà ni tan sols bloquejar el discurs interior o prohibir-lo. Llevat dels casos en què un estat prepotent, encara que es presenti com a democràtic, faci servir els mitjans d'adoctrinament per aconseguir la «correcció del pensament». Però sempre serà possible la rebel·lió, si més no la interior, per tornar a l'autoexpressió lliure.

La dimensió interna de les llengües, a més, ens assegura la identitat personal en el temps: no som una suma de dies inconnexos, d'instants desaparellats; tenim una història personal que, en certa mesura, és també una història lingüística. És clar que, del nostre passat, en conservem directament imatges, sons i potser olors; però la novel·la completa de la nostra existència és de teixit lingüístic. Moltes de les coses que sabem de la nostra infantesa no ens vénen d'un record directe: són el resultat d'una història que ens han narrat una vegada i una altra. O ens sembla que copsem directament una situació del passat quan, en realitat, hem reconstruït imatges i sensacions a partir de la història que ens hem anat repetint durant anys. I potser una part substancial de la nostra novel·la personal coincideix vagament amb els fets ocorreguts de debò i se sustenta sobre una narració lingüística feta de veritats i de ficcions. És, però, la nostra novel·la (una mena d'autobiofantasmagoria), i és la llengua part del guió de la història.

Aquesta dimensió individual de la llengua conviu, de forma natural, amb la cara col·lectiva. I els amics de dir el contrari (que la llengua només té una dimensió individual) hauran d'afirmar, per força, que la dansa de l'abella, amb què indica a l'eixam la qualitat, la distància i la direcció del nèctar, és un afer purament individual i que no afecta en absolut la resta dels altres himenòpters; hauran d'explicar-nos, els partidaris de la llengua individuada i punt, com és que, si ens ve de gust, posem mel a la torrada de mantega. És evident que l'assentament de la llengua està en cada persona, al cervell de cada ésser humà, i no pas en una regió intergalàctica o escampada per geografies inhòspites. No cal ni discutir-ho. Però dic «passa'm la sal» i em passen la sal, i em diuen «bon dia» i, més o menys, repeteixo «bon dia».

De manera que, poc o molt, sembla que cooperem gràcies a una llengua, i ens acompanyem i ens sentim raonablement lligats quan parlem una llengua coneguda. No és estrany, doncs, que les llengües siguin, tot sovint, indicadores d'identitat col·lectiva; ni sembla tampoc nociu, en principi, que la gent se senti unida en una llengua, potser amb més força que se sentiria lligada per uns ritmes compartits, per uns menjars coneguts, per uns coneixements científics comunicables o pel fet de trepitjar una mateixa terra. Blasmar la identitat col·lectiva basada en la llengua podria ser una perversió com qualsevol altra, una actitud tot sovint interessada i assimilacionista: «deixa la teva llengua i vine a la meva», «oblida la teva identitat i pren la meva». I també és oblidar que una llengua mai no és la responsable de cap ideologia i que permet tota mena de posicions personals i de direccions vitals, per la senzilla raó que una llengua és com un marc de possibilitats infinites. Qualsevol llengua de les sis mil que encara tenim al món, cadascuna al seu espai. Perquè els humans tenim el costum curiós de viure en algun lloc.

Així doncs, encara que alguns arrufin el nas, no seria gens negatiu que cada poble conservés la llengua que els permet de viure plegats: individualitats-en-contacte. I no hi ha cap motiu per pensar que això pot col·lisionar amb el fet que ens puguem sentir membres de l'espècie humana, ciutadans del món, solidaris amb tot de pobles i cultures, amics dels veïns, curiosos per conèixer indrets variats i ni més bons ni més dolents que els altres. I, si no, que llegeixin l'*Elogi de la diferència*, d'Albert Jacquard, que és, alhora, l'elogi de la unitat de l'espècie humana.

Finalment, i per sobre de tot, les llengües, com a concrecions del llenguatge, ens ordenen el món i ens permeten fer la pel·lícula humana de la realitat i dels esdeveniments. Mirem-nos-ho d'una manera ben senzilla: al nostre voltant hi ha una munió impressionant de cotxes de marques, potència i colors diferents; però tots són *cotxe*. Uns estan aturats i d'altres circulen: *cotxes*, al cap i a la fi. Aquest és al garatge i l'altre aparcat a la vorera: *cotxes*. Un és el meu: *cotxe*. Tots els altres no em pertanyen: *cotxes*. I el mateix podem fer amb els arbres, les cases, les muntanyes, els rius i les persones. Fins i tot amb els milers d'exemplars d'un mateix model de got fabricat en sèrie. De manera que al món hi ha bilions (potser trilions) d'objectes singulars; en canvi, els humans ens en sortim, d'aquest malson multitudinari de les coses individuals i irrepetibles, i ens dediquem a jugar amb uns pocs milers de paraules: *cotxe*, *arbre*, *casa*, *muntanya*, *riu*, *persona*, *got*, i la resta.

Paraules com aquestes (els «noms comuns» de la vella gramàtica) són classificadores: fan referència a un conjunt obert d'objectes que, pel que percebem, tenen alguna cosa en comú, i això representaria que els humans, ajudats pel llenguatge, tenim tendència a col·leccionar els objectes de l'entorn d'acord amb un criteri de semblança, bé per la forma, bé per la utilitat o funció. És per això que no hi ha una paraula, en cap llengua, que designi una classe o col·lecció en què es puguin encabir, juntes, les cafeteres, els peus i la pluja. En canvi, hi ha la classe de les *persones* perquè tots els humans tenim moltes coses en comú.

Tot això el que vol dir és que els humans som animals simbòlics o creadors de col·leccions, cadascuna de les quals porta l'etiqueta d'una paraula, d'un nom. I també hi ha col·leccions o classificacions de fets i d'esdeveniments, de característiques de les coses i persones, de situacions en el temps i en l'espai; i la llengua ens acompanya, i ratifica aquestes col·leccions diverses amb les paraules apropiades: verbs, adjectius, marques temporals i locals, i d'altres l'existència de les quals es justifica perquè la llengua i el cervell (un cervell que és molt més que purament lingüístic) corren en paral·lel i es donen suport mutu. La llengua, doncs, com a element fonamental d'una espècie humana que ha estat designada, justament, com a «espècie simbòlica». Queda clar, doncs, que les llengües són alguna cosa més que un mitjà de transport.

Part segona

De mites innocents

6

«El ioruba és una llengua rara, exòtica»

És evident que, qui diu això, no s'ha pres la molèstia d'informar-se'n, sobre la llengua ioruba; ni que sigui una miqueta de no res. És d'aquesta manera que neixen i creixen els prejudicis de tota mena: sobre la base de la ignorància.

—Els escocesos són molt garrepes —deia un.

—¿Quants en coneixes? —va preguntar un altre, amb ganes potser d'incordiar.

—Doncs en sortia un en una pel·lícula que vaig veure ara fa poc i no deixava anar ni un ral —va sentenciar el primer, donant exemple evident de coneixement exhaustiu i de causa.

Passa que alguna gent només troba normal allò que ell és, allò que fa i, en el nostre cas, la llengua que parla, i més si és monolingüe militant. És per això que, si és aquesta la situació i l'actitud del perceptor d'exotismes, li posarem ara les coses un xic difícils: al món encara hi ha unes sis mil llengües, entre les quals, òbviament, la llengua del perceptor d'exotismes. Així doncs, si només la seva és la normal, haurà de reconèixer que n'hi ha cinc mil nou-centes noranta-nou de rares, la qual cosa serà motiu més que suficient perquè visiti un especialista o perquè demani explicacions als grans responsables, històrics i actuals, de la seva mala educació; és a dir, de la seva ignorància. Que pensi, a més, que les qualificacions de «rara» i «exòtica» es poden fer des de cadascuna de les cinc mil nou-centes noranta-nou posicions restants; amb la qual cosa el perceptor d'exotismes quedarà en una minoria extrema i ridícula. Més val, doncs, no precipitar-se a l'hora d'enganxar etiquetes estereotipades. Més val no enganxar-les mai.

Resulta que les «llengües rares», totes sense cap excepció, tenen vocals i consonants; paraules que es poden classificar com a parts de l'oració (noms, verbs, adjectius, adverbis, pronoms... amb formes diverses, segons el cas, perquè el llenguatge és també el domini de la diversitat); totes tenen estructures oracionals i marcadors de modalitat (asseverativa, interrogativa, negativa, de dubte); en totes s'expressa la condició, la finalitat, la causa, la conseqüència; també si sóc jo qui diu alguna cosa o si dic el que ha afirmat un altre. En resum: totes les llengües tenen gramàtica; és a dir, sistema o estructura, encara que les regles del joc de la llengua no constin en un volum relligat en pell i titulat amb lletres daurades. Les llengües són d'aquesta llei, i no podrien pas ser d'una altra, perquè són expressió humana essencial.

Això vol dir, també, ja ho sabem, que qualsevol llengua és l'instrument del diàleg interior, el mitjà privilegiat per a la cohesió del grup de parlants i l'eina amb què endrecem el món que som i que ens envolta. No hi ha cap llengua coneguda que no tingui noms comuns classificadors; i tampoc no trobarem cap llengua sense el regal d'uns noms propis que ens permeten treure de l'anonimat un exemplar de la classe general: aquest no és un gos qualsevol, aquest és Milú.

La llengua ioruba té uns setze milions de parlants, especialment localitzats a Nigèria, que articulen sense cap problema set vocals bàsiques (com el català o com l'italià), més quatre de nasals (¿és exòtica, la llengua francesa, que també en té, de sons nasals?). A més, fan servir disset consonants, pel que sembla tan rares com la *b*, *m*, *t*, *l*, *s* i d'altres. Hi predomina, en ioruba, el mecanisme morfològic de derivació: *apeeja* vol dir «pescador» (o «el que mata peixos»: *a* «agent», *pe* «matar», *eja* «peix»), com qui diu *granger* («el relacionat amb la granja», si en fem una descripció semblant). En ioruba hi ha paraules tan concretes i planeres com ovella (*agutan*), bosc (*igbo*), mare (*iya*), cocodril (*oni*) o riure (*reriu*). I també una munió de paraules generals, a l'estil de recordar (*ranti*), guarnir (*ona*), tornar (*pada*), significat (*itumo*) o límit (*aala*). Fins i tot, per a sorpresa dels racistes que es pensen que en «llengües rares» com aquesta no es poden expressar nocions abstractes, els parlants de ioruba tenen noms per a coses com immortalitat (*aiyeraiye*), humiliació (*esin*), honor (*ola*), solidaritat (*owe*) i persona civilitzada (*ole*), entre moltíssimes més designacions que fan referència a conceptes inaprehensibles. Com qualsevol de nosaltres, en les nostres «llengües normals».

I és que nosaltres podem arribar a ser raríssims, si

ens prenem la molèstia de donar la volta al mitjó. Diem *carro*, i això representa que fem espetegar la punta de la llengua als alvèols unes quantes vegades, ves quina cosa més estranya, com si fos una traca. Posem l'adjectiu darrere del nom (*una dona amable*) quan potser resultaria més pràctic dir, d'entrada, quina mena de persona coneixerem aviat. Som força redundants, i en dir que *els arbres són bonics* expressem la noció de plural quatre vegades (¿no seria més econòmic dir *els arbre és bonic* i llestos?). Sigui com sigui, cada llengua és com és i podem continuar la vida ben tranquils: som tan normals (és a dir, tan humans i tan parlants) com els ioruba.

Hi hauria, però, llengües indiscutiblement rares. Tan rares i exòtiques que són inexistents i només les podríem fabricar a còpia d'imaginació. No ens estarem de fer-ho. En aquesta llengua que ara comencem a inventar hi ha articulacions consonàntiques apiconasals i apicouvulars: en el primer cas l'àpex o punta de la llengua toca la punta del nas; en el segon, l'àpex fa contacte amb l'úvula, dita també campaneta i gargamelló. Una llengua, doncs, per a contorsionistes articulatoris.

Pel que fa a les paraules, aquesta llengua imaginada té col·leccions ben curioses. No hi ha una paraula per a «cara», ni per a «cos», ni per a «orelles»; però sí que en té una per al conjunt format per l'ull dret i l'orella esquerra, i una altra que reuneix el nas i el bigoti: per exemple, *ullra* i *nati*, respectivament. Val a dir que la resta del vocabulari funciona així de manera sistemàtica: una paraula com *coardros* designa la classe formada pels cotxes, els arbres i els melindros, i una altra com *jecavit* reuneix l'escriptura jeroglífica, els caps de setmana i els vitralls gòtics, en una sola classe.

Les oracions d'aquesta llengua exòtica són força curioses i provoquen la sorpresa i l'admiració dels visitants. Només com a exemple, si algú vol expressar que «tres nois no sortiran de matinada», no podrà dir alguna cosa semblant a *Els tres nois no sortiran de matinada*: això és massa curt i està mal ordenat. És massa curt perquè hi falten especificacions, i està mal ordenat perquè la negació ha d'anar al final. Diran, doncs, generosament: *Els tres, tres és el nostre número totèmic que fa al·lusió al foc, l'aigua i l'aire, nois, bons nois, el primer és fill de cal Gronxo, el segon ja ha començat a estudiar Econòmiques i el tercer és una mica bandarra, però bon noi, sortiran, com solen fer cada divendres, excepte si tenen exàmens dilluns, de matinada, les nostres matinades són suaus en aquesta època de l'any, no.* És clar que aquests parlants no s'ennueguen mai de la vida; si ho fessin, deixarien la frase penjada i els nois sortirien de matinada, en lloc de no sortir-hi. També tenen, per variar, oracions autoincrustades. De manera que si un noi ha sortit i a aquest noi el va saludar un senyor i el senyor és conegut de la Marta, l'oració resultant és aquesta: *El noi que el senyor que la Marta coneix va saludar ha sortit*. Un garbuix perfecte, subordinant en subordinades. Ells, en canvi, sembla que s'entenen.

Llengües com aquestes, però, no existeixen. I, si existissin, serien les pròpies d'una espècie animal diferent a la humana: una espècie amb altres òrgans articulatoris (llengua viperina, per exemple), una altra organització del món en què es poguessin associar entitats ben diverses, i un altre sistema de processament mental i lingüístic. Potser com a conseqüència de les investigacions aeroespacials, algun dia ens trobarem aquests extraterrestres en una galàxia llunyana. El que és ben segur és que no els podrem entendre. Tret que ens abdueixin, com en les sèries de ciència-ficció.

7

«La meva llengua és la més fàcil de totes»

En totes les llengües hi ha unes peces ben curioses, pràctiques i multiús, com si fossin comodins que, en cada cas, poden prendre el valor que convingui: *jo*, *nosaltres*, *ara* i d'altres per un estil. *Jo* és qui parla, sigui qui sigui que parli: hi ha, doncs, al món sis mil milions de *jo*, amb formes i accents diferents, és clar. Convenientment ajuntats, a més, hi ha tants *nosaltres* com colles, el cap de les quals obre la boca per identificar el grup: *nosaltres som gent ben ferma*. Passa el mateix amb *ara*, que es pot dir de qualsevol moment present, sense cap restricció. I un cas semblant és el del *meva* que, aplicat a llengua, encapçala aquest capítol: qui parla considera que una llengua determinada és com de la seva pertinença; com si fos una jaqueta, una casa, un cotxe o un encenedor.

Hi ha, però, una diferència: podem prescindir de les jaquetes i dels encenedors i, si les coses van mal dades, fins i tot dels cotxes i de les cases; la llengua, en canvi, és una pertinença molt especial i en cap cas ens en podríem desprendre. Una llengua és com una pell molt fonda, part constitutiva i essencial de nosaltres mateixos; de manera que quan diem *la meva llengua* és com si parléssim del *meu cor* o, més pròpiament, del *meu cervell*, un òrgan que, ara com ara, és impossible de cedir i de trasplantar: possessió inalienable i intransferible. I és per aquesta raó que algú ha dit: *la meva llengua és la més fàcil de totes*. I la més còmoda, la més musical, la més entenedora de totes les llengües. És evident, tanmateix, que aquesta afirmació s'assembla, punt per punt, al cas del *jo*: *la meva llengua és*... sona a la perfecció, i legítimament, en les boques dels sis mil milions d'éssers humans que anem fent via en aquest món. I resulta, en conseqüència, que cadascuna de les llengües que encara remenen la cua són la més fàcil de totes: sis mil llengües; totes fàcils, d'allò més.

Cada parlant, doncs, de qualsevol llengua, podrà fer servir la frase de l'entrada amb la màxima tranquil·litat; a condició, però, que no perdi de vista en cap moment el caràcter absolutament relatiu de l'expressió *la meva llengua*. I malament rai si aquesta afirmació la fa un monolingüe militant i excloent amb la intenció de menysprear llengües alienes, o amb el propòsit de ficar la por al cos dels altres parlants induint-los a abandonar la llengua diferent o, si més no, fent que visquin (i parlin) acomplexats, en una llengua fosca, aspra, difícil i sense futur. No ens deixem entabanar, però: la nostra llengua (qualsevol llengua) és també la més fàcil de totes.

La facilitat o la dificultat és una qüestió relativa i es pot explicar i entendre a partir de la proximitat estructural o de la distància entre les llengües. És, aquest, un problema de sentit comú que es planteja en altres àmbits de la vida: ens resulta més «fàcil» un arròs a la cassola i més «difícil» un plat de peix cru a la japonesa; però tothom entén (o hauria d'entendre) que les coses són exactament a l'inrevés vistes des del país del sol naixent. La nostra llengua, doncs, és arròs a la cassola, de digestió imperceptible: és per això que ens resulta tan fàcil.

És natural i de sentit comú, en conseqüència, que ens sigui relativament «fàcil» l'italià; una mica més «costeruts» l'anglès i l'alemany; més «complexos» el rus, el búlgar o el polonès; «dificilíssims», finalment, el xinès i el tibetà. Però caldrà reconèixer que el mapa de les distàncies i les dificultats es pot orientar des de qualsevol racó i en qualsevol direcció; i les coses seran ben diferents, per exemple, si un altre comença a resseguir el mapa a partir del búlgar: trobarà més «fàcil» el rus i més «difícil» l'anglès o l'italià. Dit d'una manera més clara: cal entendre que les dificultats que podem tenir per aprendre el xinès són exactament les mateixes que pot tenir un xinès quan aprèn la nostra llengua, la «llengua fàcil». Tot és qüestió de perspectiva.

I ara podríem fer un exercici ben curiós: ens arrencarem la nostra pell lingüística i l'estudiarem a una certa distància, com si fos pell aliena i desconeguda. I potser arribarem a la conclusió que una llengua és un artilugi complicadíssim i misteriós, i que és un autèntic miracle de la natura que hagi crescut en nosaltres sense cap esforç. Val a dir que una llengua és el sistema de comunicació (i d'altres coses, ja ho sabem) més enrevessat de tots els sistemes coneguts, i que l'hem adquirit quan érem ben petits, innocents i poc destres. En canvi, no consta enlloc que ens hagués pujat la febre quan vam començar a fer servir les subordinades de relatiu (*el nen nou que ha arribat avui a l'escola m'ha fet una mossegada, mama*); ni vam patir mal de panxa amb l'adquisició dels quantificadors (*totes les nenes de la meva classe són molt eixerides, papa*); ni ens van fer venir mal de cap les concessives, les consecutives i les causals. Res d'això; tot ben natural i espontani.

Tanmateix, la nostra llengua és ben difícil. Podem dir: *tots els nen portaran els llibres*; i també *els nens, tots, portaran els llibres*, i hem posat una mica d'èmfasi en la nostra indicació: ves quina subtilesa. I ara canviarem: *els nens portaran tots els llibres*, i hem alterat el panorama perquè hem desplaçat el quantificador cap a un altre àmbit. Continuem el joc: *els nens portaran els tots llibres*; això ja no val. ¿I per què ja no val? Doncs perquè no, perquè així no funcionen les coses en aquesta llengua estranya i restrictiva. De manera que, quan n'adquirim el sistema, aprenem espontàniament a fer les coses com cal, i no ens passa per la imaginació el somni de les coses prohibides: això no val, és impossible i ni tan sols m'ho plantejo.

Tornem, ara, a recuperar la nostra pell lingüística per sentir-nos-hi còmodes; perquè la nostra és una llengua ben fàcil, ara ja sense comparacions ni preeminències; i també sense les fantasies i les obsessions dels monolingües militants. Una llengua ben fàcil perquè la vam adquirir quan érem infants, l'època prodigiosa de debò, quan vam fer la gran proesa de fer-nos els amos del sistema més elaborat i sofisticat que existeix. Una època en què tot era possible perquè estàvem oberts a qualsevol de les sis mil llengües, sense cap restricció, sense cap dificultat: una criatura acabada de néixer parlarà espontàniament la llengua del seu entorn, i trigarà el mateix temps a aprendre el català, o l'anglès, o el ioruba, o el japonès, o l'àrab; tot depèn de la llengua que soni al seu voltant.

I és que hi ha una època en la vida en què, sense saber-ho, som especialistes en l'adquisició de codis, si els trobem en el nostre camí i el seu aprenentatge està inclòs en les nostres previsions biològiques, o en les direccions del nostre desenvolupament: aprenem una llengua com aprenem a caminar o a veure en tres dimensions i en color, de manera natural, perquè així ho ha establert la nostra condició humana. Mozart va ser un geni de la música; però, ben mirat, el que va fer no tenia gaire mèrit: el seu pare, Leopold, era violinista i compositor; i la germana gran del petit Amadeus, Nannerl, clavicembalista. Des que Mozart va néixer, la música era pertot arreu i el nen la va engolir de manera espontània: als sis anys ja componia peces per a teclat i als nou anys va crear el motet *God ist Our Refuge*. De fet, Mozart era bilingüe: en alemany i en música; només que, abans de fer composicions genials, ja havia acomplert la proesa suprema de fer-se el propietari d'una primera llengua. Exactament com vam fer cadascun de nosaltres.

8

«La llengua "materna" sempre ens ha d'acompanyar»

Potser sí; però diuen que res no és etern. I ho demostrarem amb una ficció, real com moltes vides transhumants, que ens estalviarà el retret de fills desnaturalitzats. Hi havia una vegada un nen que va néixer a Guatemala, de pares castellanoparlants, que va ser adoptat, als tres anys, per una parella de París, residents a París, que enraonaven en francès. Als divuit anys, el noiet va començar la carrera de Físiques a la universitat d'Oxford i, un cop doctorat amb els honors màxims, va ser cridat a treballar en un centre d'acceleració de partícules, a la rodalia de Berlín. Ara fa trenta anys que fa la seva feina a Alemanya i és avui un científic amb prestigi mundial (candidat al Nobel i tot) que, per relaxar-se una mica, passa cada estiu les vacances a Cadis; i és per això darrer que se'n surt en castellà, no sense dificultats, quan ha d'anar a comprar el pa, cada matí d'agost, al forn del barri de la Viña (o, si voleu, de la Vinya) ben a la vora de l'Atlàntic, immens.

¿Quina és la llengua «materna» d'aquest científic? ¿I quina és la llengua «materna» del paleta anònim que, prop d'aquí, fa vint anys, va haver de deixar la seva terra i que, tot just ara, s'ha jubilat als seixanta-cinc, després de pencar de valent quaranta-cinc anys a la ciutat de Londres? És per això que la frase que obre aquest capítol hauria de fer així: «la llengua materna sempre ens ha d'acompanyar... si les circumstàncies l'acompanyen». I, ben mirat, això és una poca-soltada com aquesta altra: «Demà farà sol, si no hi ha núvols.»

Deixem, ara, de banda que la llengua heretada en primera instància pot ser materna, paterna, maternopaterna, dels avis, dels tiets o de la llar d'infants. I que aquesta llengua pot ser una i la mateixa, o dues o tres de diferents. Parlarem, doncs, de la «primera llengua» (en un sentit no necessàriament temporal) o, si volem, de la llengua que fem servir amb més comoditat i naturalitat. ¿Quan i on? Val a dir que no estem considerant la situació d'una persona que no es mou d'un espai lingüístic i que, amb tota legitimitat (no cal ni dir-ho), neix, creix, davalla i toca el dos en una sola llengua. Estem pensant, més aviat, en les persones que canvien de marc, com era el cas del físic i del paleta d'abans; perquè el nostre problema és quina és la primera llengua de la gent que en coneix i en fa servir més d'una.

I la pregunta pendent era aquesta: ¿quan i on és «primera» una llengua? Les respostes poden ser realment variades i en cap cas simplistes. Hi ha qui se sent molt còmode amb la llengua A a casa i amb la llengua B a la feina; qui parla A amb el pare i B amb la mare; qui xerra A amb els seus progenitors i B amb els fills; qui parla A amb els amics en general, B amb aquesta amiga en concret i C quan fa les classes a la facultat de Geològiques... I si se sent còmode en cada cas, caldrà concloure que té dues o tres llengües primeres (o «maternes», si algú vol continuar mantenint l'adjectiu).

En alguns estats, però, s'ha escampat i promogut la idea que amb una llengua ja n'hi ha prou i que els portadors del mateix carnet d'identitat no cal que canviïn de llengua mentre es mantinguin dins dels límits de l'invent. I obliden els promotors de la cosa que els humans tenim l'habilitat d'anar adquirint llengües, que no estem condemnats al monolingüisme, que és bo adaptar-se a les circumstàncies i que tothom arriba a sentir-se més còmode com més habilitats lingüístiques hagi pogut desenvolupar. Sense anar més lluny (i dins l'espai d'una mateixa llengua), la gent que sap controlar registres diversos pot sortir-se'n amb més facilitat en les circumstàncies diferents de la vida. Malament, si el professorat universitari fes les classes amb l'estil que empra quan pren una cerveseta al bar del seu barri; o a l'inrevés. És, doncs, útil i natural controlar amb comoditat registres diferents i llengües diverses. Si les circumstàncies ens aconsellen aquesta flexibilitat, és clar.

Allò de la llengua materna que sempre ens hauria d'acompanyar podria donar lloc a situacions totalment rocambolesques i antinaturals. Com aquesta, una altra ficció: una parella de parlants anglesos es trasllada al Japó i, al cap de nou mesos justos, tenen un fillet que, a mesura que passen els anys, parla un anglès perfecte i ni gota de japonès (perquè els pares el porten a una escola anglesa). Amb el temps, aquest nen ja crescudet coneix una noia el trajecte lingüístic de la qual és, punt per punt, idèntic al seu. S'enamoren, planten casa i, passat el temps reglamentari, neix una nena que serà pujada en anglès (ni gota, un altre cop, de japonès). I així deu generacions (uns tres segles, Déu n'hi do) de llengua materna que no para d'acompanyar. És clar que una situació com aquesta és inimaginable, com es demostra pel sol fet que la tercera generació d'immigrants italians als Estats Units ja són parlants integrals d'anglès i només saben dir en italià *Ciao!* i quatre coses més.

La situació de la nissaga d'angloparlants al Japó només la podríem imaginar (i és una altra ficció) si fos el cas que, des de fa uns quants segles, el territori hagués estat controlat per Londres (o per Manchester, tant se val) amb la imposició, o presència, d'un sistema polític i administratiu, judicial, escolar, i mediàtic en què l'anglès hagués estat la llengua obligatòria i el japonès l'optativa i sobrera. Els japonesos, òbviament, serien els únics bilingües, amb un domini acceptable de l'anglès, llengua omnipresent. I els de nissaga anglesa, sense cap culpa de la seva part, parlarien o no parlarien japonès (depèn de les circumstàncies i de la sensibilitat i habilitats personals), perquè el poder hauria posat secularment les condicions necessàries perquè tothom pogués viure tranquil·lament amb una llengua: la de l'imperi. Tot això, però, sembla com si fos una novel·leta de pura ficció.

En general, doncs, i admetent tantes excepcions especials i personals com calgui, un canvi de territori invita, molt o poc, a un canvi de llengua... si et trobes la nova llengua en ple funcionament, omnipresent, i no pas amagada. I aquí no podem acceptar, de cap de les maneres, les raons d'estat. Perquè hi ha qui creu que el canvi de llengua només està justificat si travesses la ratlla d'una frontera (i més si la barrera està baixada i has d'ensenyar el passaport perquè l'aixequin), i no si la carretera es desenrotlla sense cap tall i, a més, els rètols de trànsit estan escrits en la llengua «general» o, a tot estirar, «en bilingüe». A aquesta gent li hem de dir (i més si són monolingües militants) que al món hi ha sis mil llengües i només uns dos-cents estats, amb les fronteres ben posades. Ja ens diran, doncs, què haurem de fer amb les cinc mil vuit-centes llengües maternes (o primeres o de màxima comoditat) que no tenen passaport.

9

«Val més dedicar les hores de català a l'estudi de l'anglès»

¿Les hores de castellà també? ¿I les de música, educació física, història i geografia? ¿Fins i tot les de matemàtica, ciencies naturals i filosofia? Home —dirà algú—, no exagerem! I doncs, ¿per què només i específicament les hores de català en benefici de l'anglès? Aquesta qüestió planteja dos problemes importants: el de la utilitat dels coneixements que es poden aconseguir a l'escola i el del paper de la llengua com a matèria i com a vehicle de l'ensenyament. Començarem per aquesta segona qüestió, a veure si podem deixar les coses una mica clares, des de punts de vista diferents.

Tot sovint, hi ha qui s'exclama contra la degradació del medi natural i, més en concret, parla del perill que suposa la reducció de la massa forestal del planeta. També s'aixequen constantment veus responsables que alerten sobre l'extinció possible de moltes espècies vegetals i animals (pobres coales i pobres linxs ibèrics!). Aquestes crides no són purament estètiques i proteccionistes de les espècies en perill d'extinció, les veus més responsables tenen molt present que cal defensar la diversitat perquè la Terra és com és gràcies a tot el que conté. I una pèrdua aparentment puntual podria provocar un daltabaix: una cadena imprevisible de canvis que, poc o molt, alterarien el conjunt o, si més no, un ecosistema. Algú va dir que quan una nina queia a terra, l'estrella Siro tremolava. Déu n'hi do, doncs, com s'estremirà la Terra; i més si, en comptes de caure una joguina petita, s'esfondren tot d'espècies animals i vegetals!

El que és ben curiós, però, és que l'esperit conservacionista no s'estengui també cap a les llengües, moltes en perill d'extinció imminent com ha anunciat amb arguments i xifres (algunes esfereïdores) la professora Carme Junyent a *Vida i mort de les llengües*. Hem dit més d'una vegada que al món encara hi ha unes sis mil llengües, i els experts creuen que, en el segle que comença, els humans veuran com el cabal lingüístic es redueix a la meitat, aproximadament. Malament, doncs, si en l'horitzó del futur comença a dibuixar-s'hi un planeta que camini cap a la simplificació total: una espècie animal (girafes), una de vegetal (pomeres) i una de lingüística (anglès). ¿Que vols un animal de companyia? Girafa. ¿I de postres, què? Poma. *Do you speak english*? Un malson, és clar. Un malson que implicaria, també, la uniformització de voluntats, estils i idees: la desaparició de la diversitat ens abocaria a una humanitat de clònics; mal alimentats, a més.

I bé, la conservació de les llengües, com a patrimoni essencial de persones i de grups, passa per tres vies fonamentals: la primera i natural és la transmissió familiar; la segona, la presència de la llengua en l'entorn i, molt especialment, en els mitjans de comunicació i en la vida laboral; la tercera, l'existència de la llengua a l'escola com a lloc d'adquisicions múltiples i sempre enriquidores. De manera que dedicar les hores de català al català (i més hores si calgués) és dotar els alumnes amb destreses comunicatives necessàries; perquè no estan creixent en una estratosfera sense veus ni paraules, ni en un país de llengua sinotibetana. A més, sembla prou raonable que siguem nosaltres, i no pas els habitants de les antípodes, els responsables directes quant a la conservació de la nostra diferència específica: una de les múltiples maneres de ser humans, de fer sonar el llenguatge, en una llengua concreta. Una de les sis mil formes d'expressió essencial. I ni les unescos, ni les onus, ni els governs centrals variats ens salvaran la llengua si no la salvem nosaltres: és un afer de la nostra competència, col·lectiva i exclusiva.

D'altra banda, ¿què passaria si les hores de català s'esmercessin en benefici de l'anglès (llengua tan respectable com el català i com les cinc mil nou-centes noranta-vuit de restants)? Si som realistes, i tenim present que les llengües són per ser usades, un percentatge aclaparadorament majoritari dels alumnes actuals tindran moltes més ocasions de parlar la llengua de la seva terra que la llengua anglesa. Cal no perdre de vista que la gent que es dedica al comerç internacional, els que assisteixen a congressos mundials d'oftalmologia, el professorat universitari que fa estades a l'estranger, els actors i actrius que volen triomfar a Hollywood, i d'altres, són una minoria tan influent, potser, com insignificant, sobre el total d'una població. La immensa majoria de la gent, però, viu, treballa i es jubila en terres concretes i properes, cosa que està molt bé i, fins i tot, és absolutament raonable, si l'existència hi és planera i agradosa. Al marge de tot això, és bo aprendre llengües, és clar; però no és decent marginar-ne una i precisament la que tenim més a prop, la llengua que hauria de ser, de manera natural, el vehicle funcional del nostre intercanvi lingüístic.

Tot això lliga, en la mesura en què hi està implicada la institució escolar, amb el problema de la utilitat dels coneixements que s'hi imparteixen. Per principi, cal dir que tots els sabers són útils i, si ens deixem emportar per la dèria de l'utilitarisme, serà immediatament útil aprendre anglès si estàs a punt de vitjar a Boston; i serà útil adquirir coneixements d'informàtica, encara que siguin elementals, si aviat has d'entrar a treballar en un banc o en una caixa. Aquests serien dos exemples ben concrets d'utilitat a curt termini: coneixements que, d'altra banda, es poden aconseguir a qualsevol acadèmia i, fins i tot, amb fascicles i per correspondència.

Hi ha, però, coneixements útils menys visibles, i menys urgents, que només l'escola pot ajudar a desvetllar i que tenen a veure amb la formació pacient i integral de les persones. En el món anglosaxó és habitual distingir entre *know what* i *know how*; és a dir, entre aprendre coses i saber com podem arribar a aprendre en general, a construir coneixement: en definitiva, és la diferència entre «aprendre què» i «aprendre com». Dit d'una altra manera: entre tenir tot d'informacions i saber, a més, destriar-les, organitzar-les, creuar-les i fer-ne coses, de manera personal i creativa. Tothom pot repetir de memòria un text escrit per un altre; però qui és capaç de crear un text nou, ben ordenat i intel·ligible és perquè ha adquirit les habilitats pròpies del segon tipus de coneixement: unes destreses que conviuen harmoniosament amb les del primer, perquè no hi ha *how* en l'absència total del *what*. I aquesta feina integradora només la pot construir l'escola, amb molta, molta paciència.

És des d'aquesta perspectiva, la de la formació a llarg termini, que pot ser perfectament útil aprendre llatí o anglès, resoldre l'entrellat de les estructures oracionals amb el mètode tradicional o l'estructural, descobrir com eren els egipcis (mòmies i jeroglífics inclosos) o com viuen els holandesos dels nostres dies, investigar l'organisme d'un ocell, entendre clarament què és una funció, aprendre a llegir una pel·lícula o conèixer l'equilibri dels ecosistemes del Montseny. Com que del que es tracta és de desvetllar la curiositat i exercitar la capacitat d'indagació, tot s'aprofita i tot és útil a la llarga. Aquest superinformàtic cobdiciat potser ja ha oblidat on paren els rius Mosa i Mosel·la (el primer passa per França, Bèlgica i Holanda; el segon també per França i, a més, per Luxemburg i Alemanya), o no sap recordar l'any en què Piccasso va viure a Horta de Sant Joan (1899); però no hauria arribat tan lluny sense la formació integral, variada i pacient dels anys d'escola. I, sobretot, sense la capacitat de llegir, entendre, escriure i fer-se entendre. És útil qualsevol coneixement perquè és una contribució fonamental en la construcció personal.

Els coneixements, i les maneres d'obtenir-los, aniran impregnant els alumnes si hi ha mitjans i motivació. Especialment si la societat arriba a considerar altament, fins i tot a amanyagar, el professorat: reconegut i ben pagat, que és una bona manera d'estimar la feina que fan, del tot imprescindible. ¿Voleu millorar espectacularment l'escola i, de rebot, el conjunt d'un país? Multipliqueu per dos el pressupost d'ensenyament; per exemple, traient els diners de les despeses per a no sabem quina defensa. O això, o la tornada general a l'analfabetisme.

10

«Les llengües amb més parlants són més útils»

I alguns hi afegeixen, ingenus de mena: «És que t'hi pots comunicar amb més gent.» ¿Comunicar-te amb tres-cents, sis-cents, nou-cents milions de persones? Quina monstruositat dialogística! Quin malson, tanta comunicació! Tota una vida xerrant i només xerrant, les vint-i-quatre hores del dia; tots els dies d'una vida llarga, per abastar una multitud incalculable de parlants potencials! Cap surrealista agosarat va poder imaginar, ni tan sols remotament, la possibilitat d'una comunicació tan intensa i aclaparadora! Perquè la gent normal, si té sort, pot comptar amb tres, sis, o nou amics i amigues amb qui ve de gust passar l'estona xerrant de les coses de cada dia i, si ve al cas, de temes metafísics altíssims com, per exemple, si abans va ser l'ou o la gallina (primer va ser l'ou, segur, sense cap metafísica).

Si la utilitat d'una llengua depengués del nombre de parlants, sense cap altra consideració, tindríem el rang següent d'utilitat, en termes absoluts, i si només tenim en compte els parlants nadius i no pas els sobrevinguts (voluntaris o per força):

Llengua	*Parlants*
Xinès mandarí	885.000.000
Espanyol	332.000.000
Anglès	322.000.000
Bengalí	189.000.000
Hindi	182.000.000
Portuguès	170.000.000
Rus	170.000.000
Japonès	125.000.000
Alemany	98.000.000

(Les dades són ben recents i apareixen a l'obra *La dignidad e igualdad de las lenguas. Crítica de la discriminación lingüística*, llibre absolutament recomanable, del professor Juan Carlos Moreno Cabrera.) En termes absoluts, doncs, el xinès seria gairebé tres vegades més «útil» que l'espanyol; l'espanyol, una miqueta més «pràctic» que l'anglès; l'hindi força més «comunicatiu» que l'alemany i, òbviament, que el francès (que no surt a la llista perquè «només» té uns setanta milions de parlants). I potser ja comencem a veure que el nombre total de parlants no fa la cosa.

D'altra banda, si volem ser realistes i justos, haurem de reconèixer que la llengua més parlada a Holanda és el neerlandès i que les llengües amb més parlants al Marroc són l'àrab i el berber; i això ja ens comença a resituar l'afirmació del principi, perquè les xifres absolutes (és a dir, descontextualitzades o desarrelades) no ens diuen gran cosa sobre la utilitat o el caràcter pràctic de les llengües: si vols viure, o estiuejar any rere any, a Grècia, el grec serà la llengua més útil (el grec modern, és clar, i no pas el de Sòfocles, Esquil i Eurípides; que seria com si volguéssim moure'ns per Itàlia parlant el llatí de Ciceró i d'Ovidi, pobres de nosaltres).

Dit el que hem dit, una primera conclusió raonable i gairebé tautològica és aquesta: en un país concret, la llengua més parlada (i la més útil i pràctica) és la llengua concreta d'aquell país concret. En aquesta situació, doncs, no té cap sentit apel·lar a les grans magnituds de la llista anterior perquè, si volem passar bones estones a Florència, és evident que un domini fluent de l'italià ens traurà l'esperit de pena, més que no pas el control del xinès, de l'espanyol, de l'anglès o del bengalí.

Deixant ara de banda els territoris estrictament geogràfics, cal considerar uns altres territoris o dominis: els que es configuren a l'entorn de temes, especialitzacions i activitats com, per exemple, les tècniques, les ciències, les disciplines humanístiques, els intercanvis comercials, i d'altres; dominis que agrupen conjunts o comunitats de persones disposades a intercanviar informacions de mena diversa i productes variats. I és aquí on es pot plantejar la necessitat o la conveniència de disposar d'una llengua que faci possible el contacte; o de dues o tres llengües. O, en casos especials d'igualitarisme, respecte mutu i disponibilitat tecnològica, de fer servir la traducció simultània; o també, de trobar una persona honesta i no gens enredaire, que faci de mitjancera entre dues i vagi fent la versió de cadascuna de les peces del diàleg, com en les trobades dels grans mandataris polítics que, com és notori, són ben lluny del poliglotisme; ells, que haurien de predicar amb l'exemple.

Aquests territoris o dominis no geogràfics poden demanar, en cada cas, una llengua diferent. En les circumstàncies actuals, que mai no seran eternes, la llengua del territori anomenat «Genòmica» sembla que és l'anglès, com ho és també per a la «Informàtica». Però cal tenir ben present que els dominis d'especialització no s'acaben aquí: el territori «Estudis alcorànics» té l'àrab com a llengua imprescindible; en el domini «Literatures romàniques» no es pot viure sense el francès o l'italià; ni el comerç a l'Àfrica oriental pot arribar a bon port sense el swahili. Tot és qüestió de saber on ets i què fas o vols fer.

És aquí que cal reprendre la idea d'«utilitat». No és més «útil» la llengua amb més parlants, sinó la que et pot resoldre els problemes de cada dia: vendre productes informàtics arreu del món, parlar amb la gent del país que t'agrada visitar un cop i un altre, o bastir els ponts del diàleg amb les persones ben properes que t'estimen. Una «utilitat», aquesta darrera, de la màxima importància, necessitat i plaer. És per això que la llengua més parlada és, en realitat, la que tenim més a la vora: la del país en què vivim.

Hi ha països, però, en què la «llengua més parlada» pot arribar a ser la llengua d'un altre territori; cosa que en cap cas no és ni innocent, ni natural. ¿Algú s'imagina una illa amb deu mil persones que, de cop (o a poc a poc), canvien de llengua? Una situació com aquesta s'ha d'imaginar, realment; perquè mai no s'ha produït, ni es produirà de manera espontània: la llengua pròpia és una construcció primerenca i sòlida i no canviem si no és que passem a viure al territori d'una altra llengua. Així doncs, quan un país té dues llengües (o quan una col·lectivitat de parlants abandona la pròpia) és perquè s'ha produït un veritable daltabaix. El daltabaix màxim és la prohibició pura, dura i secular; la llengua eclipsada en els usos públics, en la vida econòmica i laboral, en l'educació i en els grans mitjans de comunicació: la llengua silenciada.

O també el daltabaix, combinat sempre amb l'anterior, que obliga milions de persones a abandonar la seva terra per tal de buscar-se la vida lluny del seu país, a perdre part de les seves arrels i sense gaires possibilitats de guanyar-ne de noves. Perquè la llengua de la terra promesa l'havien convertida alguns, a còpia de prohibició, en un afer purament domèstic, misteriós i difícil de trobar. Sense cap culpa per part dels desplaçats que, en altres llocs més agraïts, haurien fet seva (han fet seva) la llengua útil d'un país una mica més habitable. Ells o, si més no, la seva descendència.

Part tercera

De mites perversos

11

«En algunes llengües no es pot parlar de coses abstractes»

Els humans som uns animals ben curiosos: anem al mercat i comprem dos quilos de taronges; en una altra parada, demanem una lliura de formatge; finalment, una mica més enllà, ens posen tres llobarrets frescos, a preu d'or. Tot ben natural i quotidià. Mai, però, se'ns acudiria de passar la vergonya de demanar dos-cents grams d'honestedat o quilo i mig de bellesa. Hi ha coses que no es poden comprar, ni embolicar, ni pesar, ni tallar per la meitat: *d'aquesta peça de virtut, talli-me'n la meitat, si us plau*. Tanmateix, els humans diem que l'honestedat és una condició imprescindible per a la política; o afirmem que la vida seria insuportable sense la bellesa; o que la idea de la virtut ha canviat una mica en els nostres temps. O sigui, que parlem de coses concretes i, a més, d'unes entitats que no són res més que construccions mentals: idees que tenen vida en el nostre cervell i no pas en la realitat visible i tangible.

Els humans encara fem més coses d'aquesta mena: veiem un pi, un om i un pollancre concrets i, tot de cop, ens ve al cap i a la boca la paraula *arbre*. Ben mirat, però, l'arbre pur no es troba enlloc, no és res més que una generalització, com ho són també els referents de les paraules *persona*, *animal* i, més encara, els de *cosa* o *entitat*. I és el cas que ningú tindrà mai l'oportunitat de conèixer la *cosa*; coneixem aquesta persona, aquest gatet o aquesta composició musical, realitats ben concretes, que són les úniques que trobem en el camí de la nostra vida. Som, però, tossuts i no ens en podem estar de dir: «les *coses* són com són»; o «m'agradaria que hi hagués més *solidaritat* al món»; o «hauríem d'esborrar la *pobresa*». I sembla que tothom sabem el que volem dir.

Així doncs, resulta que els humans tenim el mestratge de l'abstracció, perquè podem passar d'aquest *pi* concret a la classe o col·lecció dels *pins* i, d'aquí, al grup *arbre* i, més enllà, a *vegetal* i a *cosa*, que tot ho agermana: «Aquesta ciutat és una *cosa* sèria.» Però, si ens posem la mà al cor, haurem d'acceptar que, en les qüestions de cada dia, parlem de realitats ben concretes: d'aquests préssecs que ja no són com els d'abans, d'aquest professor que darrerament ens fa badallar una mica, dels nostres amics i amigues, gens abstractes, o de l'última pel·lícula, literalment irrepetible. Només hi ha poca gent, molt meritòria i respectable d'altra banda, que esmercen una part considerable de la seva existència fent discursos sobre la «bondat», la «bellesa», l'«honestedat»; i també sobre la «unitat», la «diversitat», la «dignitat humana» i la «solidaritat entre els pobles»; discursos ben necessaris que hauríem de considerar amb la màxima atenció i que brollen de la nostra condició insòlita: som animals que podem reflexionar sobre qüestions generals com, per exemple, el futur col·lectiu de la nostra espècie.

I, de tant en tant, se sent algú que diu allò del començament: que en algunes llengües no es pot parlar de coses abstractes o generals, que hi ha parlants que encara no han superat l'estadi primitiu i, doncs, que estan condemnats a viure aquí i ara, lligats de peus i mans a les coses concretes. Aquesta història és molt vella i es va contruir ara fa uns tres segles en alguns territoris centreeuropeus, a la França il·lustrada en especial. Determinats filòsofs i assagistes (Diderot, sobretot) van considerar que hi havia tot de «pobles salvatges» que encara caminaven cap a la humanitat plena: fent via en direcció a un «estadi superior» al qual ja havien arribat els pobles avançats i filosòfics, amb llengües «aptes per a la ciència» i l'especulació. Uns pobles, aquests segons, que van demostrar el seu altíssim grau de civilització destruint ètnies i cultures arreu (a Amèrica, per exemple) i que van segrestar i esclavitzar milions de persones traslladades en condicions vergonyoses d'una banda a l'altra de l'Atlàntic. És clar, com que encara estaven fent camí cap a la civilització humana...

I bé, superat, avui, l'estadi de l'esclavatge literal, almenys formalment, encara ens en resta del mental, que és el que hi ha en el rerefons d'afirmacions prejudicatives com la que ara ens dóna feina. Una afirmació que vol defensar la superioritat d'uns pobles i d'unes llengües respecte a d'altres i, doncs, expressa racisme; ras i curt. I, a més, ignorància. Primer, perquè encara no s'ha descobert cap llengua (ni es descobrirà) sense noms generals, sense col·leccions de coses: és del tot inimaginable una llengua que només tingui noms propis i singulars, un per a cada cosa irrepetible. Seria un sistema d'una altra galàxia, d'uns éssers totalment diferents amb memòries infinites i, en conseqüència, perfectament inexistents. A més, ja ho sabem, fins i tot els parlants de llengües il·lustres i civilitzades tenim noms ben concrets: per a cada classe de raïm (macabeu, parellada, xarel·lo...), per a cada moble (armari, taula, cadira...), per a cada mitjà de locomoció (avió, tren, autobús...); per a cada realitat que ens interessa designar. ¿Som, per això, un poble endarrerit? ¿És que no està ben vist parlar de les coses concretes i quotidianes?

I diuen que el poble pintupi d'Austràlia té tot de noms concretíssims per designar els amagatalls dels diferents animals, i que això és senyal de primitivisme. ¿Han pensat que els pintupi són un poble caçador d'animals petits i que han d'identificar amb la màxima precisió, fins i tot lèxica, l'animal que els traurà el ventre de pena? ¿Que no fan el mateix els nostres modistes que tenen un nom per a cada tipus de teixit? Diuen, també, que els esquimals fan servir moltes paraules diferents per referir-se a la neu i al glaç, pobres. ¿I què farem nosaltres amb tot allò de la pluja, el plovisqueig, la gotellada, el ruixat, el xàfec o el diluvi? Cal, doncs, reconèixer que tots estem en el mateix sac, i que el sac conté exactament les paraules que cada poble necessita per parlar d'allò que entra dins del camp dels seus interessos. En les llengües dels yanomanos, a l'Amazònia, no hi ha cap paraula que signifiqui «pas de vianants»;

esperem que mai no l'hagin de manllevar, aquesta expressió.

Donarem, però, una volta ben forta a l'argument. Segons explica Gary N. Palmer (*Towards a Theory of Cultural Linguistics*), els vuit mil parlants de la llengua papago, poble autòcton d'Arizona, tenen el marcador /s/ que indica el següent: «Això que us estic dient no ho he vist o viscut jo; m'ho han explicat.» Ves per on, un senyal del tot econòmic que fa el mateix paper que el nostre «m'han dit que...» o «diuen que...». Un marcador discursiu extraordinàriament general que, a més, evita possibles confusions quant a l'autoria d'un relat. Un senyal lingüístic anàleg al que es troba en tot de llengües ameríndies en què, si parlen d'una casa, han de marcar morfològicament si aquesta casa és visible o no, amb la qual cosa ja vas orientat, d'entrada, i gires el cap per mirar-te-la o no et prens aquesta molèstia inútil. ¿I què direm dels xinesos, poble «poc filosòfic» segons alguns, que han elaborat nocions tan abstractes com el *yang* i el *yin*, dos estats oposats de les coses, però no absolutament excloents?

I, ara, una perla autèntica. En swahili, llengua parlada principalment a l'Àfrica oriental (Tanzània, Kenya, Zaire...) hi ha... un marcador, específic i formal, per a la classe dels noms abstractes! Anem a un diccionari, mirem la lletra U i trobarem paraules com aquestes: *ubashiri* (predicció), *ubaya* (maldat), *ubinadamu* (humanitat), *ubora* (excel·lència), *uchanga* (immaduresa), *ufahamu* (comprensió), *ugumu* (dificultat)..., totes encapçalades pel prefix /u-/ que ja avisa: «ara trobaràs una paraula de referent abstracte». ¿En volem més? *Ukaidi* (obstinació), *ukarimu* (generositat), *ukomo* (discontinuïtat), *umoja* (unitat), i moltes més paraules per l'estil. Un prefix que fa la mateixa funció que el nostre /-tat/, com es pot comprovar en la traducció de les tres darreres paraules, i en d'altres d'aquesta llista. I la pregunta, inevitable, és aquesta: ¿Es pot parlar en swahili de coses abstractes?

És clar que sí. I també és clar que designacions com aquestes es troben en totes les llengües, perquè el sistema d'expressió, comú als sis mil milions d'éssers humans, ens permet de relacionar-nos amb la realitat i, alhora, amb les ficcions universals que brollen del nostre cervell, l'instrument més poderós de tots els instruments coneguts: l'únic òrgan que és capaç de pensar-se, ves quin misteri.

12

«Hi ha llengües que han perdut el tren de la modernitat»

¿Definitivament? ¿Sense cap esperança que en passi un altre, dues o tres hores més tard? ¿És tan miserable la modernitat que només en té un, de tren? Hi ha més preguntes, encara: a l'entorn de la mateixa modernitat, de la relació entre els pobles, del que esperem de les nostres vides fugisseres i de com les llengües s'adapten a les condicions canviants de l'entorn. Preguntes i, també, constatacions d'una evidència meridiana i pertorbadora: en l'anglès de Dickens, d'ara fa un segle, no es podia parlar d'informàtica; ni tampoc es podia dir ni un sol mot d'òptica d'alta precisió en la llengua japonesa de fa cent anys. Pobre anglès el de Dickens i pobre japonès el de Yukichi! I haurem d'esbrinar com és que unes llengües viuen la vida accelerada dels seus parlants, mentre que d'altres porten una existència més aviat reculadora.

Comencem per la idea de «modernitat», de la qual alguns tenen un concepte una mica ingenu i superficial, potser. Ser moderns, de debò, no pot lligar, en cap cas, amb una manera de vestir, de beure, de gesticular. Ni tampoc amb les formes ràpides de fer diner fàcil (això és tan vell com l'anar a peu). Ser modern sembla que encaixa més amb l'ús de tot d'aparells i productes de les noves tecnologies que ens fan la vida més fàcil, la comunicació més ràpida i, en general, ens obren les portes d'uns munts d'informació impressionants davant dels quals cal fer servir una qualitat tan moderna i tan vella com és la capacitat i criteri de selecció: saber usar els productes i saber fer-los callar, quan convé.

D'alguna manera, també, s'associa la modernitat amb un tipus de vida molt complex que gairebé ens obliga a tenir de tot i com més, millor. El nostre món, doncs, està farcit d'objectes de tota mena, cadascun dels quals ha de tenir un nom, per força; fins i tot està ple d'estris perfectament inútils que ocupen llocs inversemblants a les cases atapeïdes i als centres del cervell on s'allotgen les paraules. Un tomàquet que és un rellotge, per exemple, i que hauríem d'anomenar *tomatge*, ocupant l'únic espai lliure de la paret de la saleta i donant feina a les neurones encarregades de mantenir viva la nova paraula.

Sense anar tan lluny, i sense sortir del tema, la modernitat s'ha d'associar legítimament amb els guanys inqüestionables en educació, sanitat, mitjans de comunicació de tota mena (informatius i del transport) i, molt especialment, amb el camí, difícil i massa lent, vers una consideració igualitària i digna dels éssers humans, sense cap distinció de sexe, edat, aspecte, llengua, ideologia, lloc de naixement i maneres de fer i d'ésser. Aquest és el paquet veritable de la modernitat; d'una modernitat que, per dissort, encara ens queda força lluny. Vistes les coses des d'aquesta perspectiva, resulta, en definitiva, que la modernitat essencial i veritable és tenir un cervell *sapiens* de mil quatre-cents centímetres cúbics: l'únic òrgan que és capaç d'emocionar-se davant de la natura, de sentir pietat pels semblants més febles, de mantenir actituds igualitàries i de segellar amb paraules les entitats del món en què habita: sigui la selva amazònica o la jungla novaiorquesa. Perquè, com deia el gran Sapir, «pel que fa a la forma lingüística, Plató camina de bracet amb el porcater de Macedònia».

Així doncs, el pensament igualitari i solidari ha de ser considerat, també pel que fa a les llengües, la fita essencial de la modernitat. És en aquest sentit que cap de les sis mil llengües del món no ha perdut el «tren de la modernitat»: totes van pujar als seus vagons, intercomunicats, en el moment precís de l'arrencada. Exactament en l'instant en què va aparèixer l'espècie *Homo sapiens*. És per això que la distinció consuetudinària entre llengües «antigues» i «modernes» no pot tenir cap sentit o justificació. El grec de Sòfocles i el llatí de Tàcit eren llengües perfectament modernes; com ho era, inexcusablement, l'antecessora indoeuropea, uns quatre millennis abans: la llengua dels nostres avantpassats lingüístics, tan inequívocament *sapiens* com nosaltres. I és també per aquestes raons que és absurda l'expressió «el basc és una llengua molt antiga»; perquè és del tot evident que el basc és una llengua d'aquest mateix any en què vivim, una llengua que, com totes, té una evolució en el temps (testimoniada o no en documents, això és del tot secundari) i s'ha de remuntar als orígens de la parla humana. Com totes les llengües que es transmeten d'una generació a l'altra, sense discontinuïtats.

¿Què es vol dir, però, amb allò de la «pèrdua del tren»? Deixant ara de banda que, en el fons, l'estigma de les llengües és un insult als pobles i als parlants (un insult que brolla d'una ideologia racista més pròpia de segles passats), el que es vol dir és que en tot de llengües ni falten paraules com, per exemple, *software*, *bit*, *inflació*, *viabilitat*, *privatització*, *paranoia*, *multimèdia*, *desnonament*, *inversió*, *sostenibilitat*, *acomiadament*, i d'altres per un estil. En primer lloc, cal dir que si en una comunitat humana no hi ha *desnonats*, és evident que mai no caldrà una paraula que expressi una situació inexistent: això és del més pur sentit comú. I és també aquest el cas de *privatització*, si tot el que hi ha és de tots; o el d'*inflació*, si no hi ha res per comprar i vendre; o el de *multimèdia*, si la gent s'explica les velles històries a la vora del foc. I més valdria no fer broma d'uns pobles que viuen en pau amb la natura i que no han de fer jornades setmanals de trenta-vuit hores, més les extraordinàries.

Amb tot, cal tenir ben present que les llengües són artilugis molt flexibles i que, donat el cas, contenen els mecanismes necessaris per a la creació lèxica, si així ho demana una nova situació, un repte que mai no s'havia presentat, i apareixen en l'horitzó tot de realitats, objectes i costums que convé assumir i, doncs, anomenar. Mecanismes com, per exemple, l'adopció pura i dura d'una paraula estrangera, adaptada a la llengua receptora del manlleu (*futbol*, de *football*), o la traducció calcada (*gratacels*, de *skyscraper*). O la creació lèxica imaginativa i metafòrica (*cimera* —per *summit conference*— que en la llengua d'aquí feia referència al plomall d'un casc, cosa que està ben amunt). O bé explotar les possibilitats autòctones de la derivació (de *forma* i *format*, *enformatar*), de la composició (*multimèdia*) i de la paràfrasi. Sis procediments, entre altres, per a la creació lèxica, que, en diferents mesures i estils, depenent del tipus de llengua, es troben a l'abast dels parlants, si és que un grup humà es veu en la situació de fer front a canvis sobtats. És en aquest sentit que totes les llengües circulen per la xarxa de la modernitat i estan preparades per introduir els canvis de ritme que calgui, en cada moment i circumstància.

Ja ho va deixar ben clar el gran lingüista Émile Benveniste, ara fa més de quaranta anys: «El pensament xinès ha elaborat categories tan pròpies com el *tao*, el *yin* i el *yang*; però no és, per això, menys capaç d'assimilar els conceptes de la dialèctica marxista o de la mecànica quàntica; i és que no hi ha cap mena de resistència o obstacle en l'estructura de la llengua xinesa. Cap tipus de llengua no pot, per ell mateix, afavorir o impedir l'activitat de l'esperit. Els vols del pensament estan més lligats amb les capacitats humanes, amb les condicions generals de la cultura i amb l'organització de la societat que no pas amb la naturalesa particular de la llengua.» Tres factors, doncs, exteriors a l'estructura de la llengua que no alteren la seva potencialitat i que, en cas de necessitat, demanaran només l'augment del lèxic per les vies creatives que ja coneixem.

Per cert, els que parlaven d'un tren irrecuperable haurien estat una mica més moderns si ens haguessin dit que havíem perdut el tiquet d'entrada a les autopistes de la informació o que, de totes totes, mai no tindríem el *password* o codi d'accés per a les informacions altament codificades. Posats a usar metàfores antigues, podrien haver recorregut a les tartanes: «Hi ha llengües que han perdut la tartana de la modernitat.»

13

«¿On anirem a parar amb aquestes llengües locals?»

Això depèn de les expectatives de cadascú: si voleu vendre cervesa a Alemanya, és clar que haureu d'aprendre una llengua tan local com l'alemany; o si us ve al cap de convertir-vos en un expert de primera mà en budisme, no tindreu cap més remei que fer-vos vostra una altra llengua tan local com el japonès. Si les vostres expectatives, però, se centren a viure de gust i reconciliat amb la vostra terra (que és, desenganyem-nos-en, el que fa la immensa majoria), en tindreu prou amb la llengua de la vostra terra, una altra llengua local; si us deixen tranquils, òbviament. Almenys, això és el que poden fer, com a norma general, els francesos de París, els holandesos d'Amsterdam o els castellans de Valladolid. I també, en circumstàncies diverses, els quebequesos de Montreal (Canadà), els flamencs d'Anvers (Bèlgica) i els alemanys de Zuric (Suïssa). D'altra banda, ningú no us impedirà d'aprendre tantes llengües com us vingui de gust; o totes les que, per motius diversos, us facin falta.

La pregunta inicial, però, és una invitació a la deserció i també una mostra monumental d'ignorància històrica. Segles enrere, el francès va ser la llengua ben local d'un territori molt petit: l'Illa de França, un llogaret menut que després va esdevenir el París dels nostres somnis. L'anglès, al seu torn, va ser la llengua d'un grupet de germànics, potser inquiets i sens dubte analfabets, en aquella època primerenca. I el castellà es va originar en un racó al voltant de les muntanyes de Cantàbria. Així (cal suposar-ho) va passar amb totes les llengües; perquè no consta (i, a més, és inimaginable) que una llengua hagi aparegut, de cop, en un territori de milions i milions de quilòmetres quadrats. Més encara, és ben sabut que el llatí, totpoderós en temps antics, va ser la parla del Laci, un altre llogaret ben modest; o que la mare indoeuropea es va originar, molt probablement, als territoris entre el mar Negre i el Caspi, potser allà on ara hi ha la ciutat de Volgograd. I és ben segur que els nostres avantpassats lingüístics eren del tot analfabets, ara fa sis o set mil·lennis, perquè l'escriptura se la van empescar els mesopotàmics, que parlaven sumeri, molt més tard.

Encara avui, la condició habitual de les llengües és la localitat; com si aquesta característica fos una dimensió absolutament natural. I són del tot excepcionals les llengües que abasten territoris immensos. Fins i tot aquestes llengües expandides, com ha dit Juan Carlos Moreno de manera contundent, han tingut un origen ben humil; i aquest autor lúcid deixa ben clar que «absolutamente todas las lenguas grandes de la actualidad proceden de variedades lingüísticas locales; y circunstancias políticas, militares, culturales e históricas han hecho que estas lenguas hayan ampliado enormemente su territorio, sus hablantes y su influencia, normalmente a costa de otros muchos dialectos y lenguas menos favorecidos por esas circunstancias». Queda, doncs, ben clar que l'extensió d'una llengua es produeix per factors aliens a la llengua mateixa: no hi ha res en l'estructura de cap llengua que la predestini a empreses imperials.

Podem considerar, si ens ve de gust i a tall d'exemple, el panorama lingüístic del món i, més en concret, el model natural d'Àfrica, la terra original dels humans moderns, amb uns quants centenars de llengües. Fins i tot (i no ens hauria de sorprendre) amb una llengua en aquest poble i una altra en la localitat veïna, i així successivament, com està manat. ¿I com s'entenen de poble a poble? De maneres diverses: amb la mediació d'algú que sap la llengua dels altres; o gràcies a una 'lingua franca' que funciona com a vincle comercial no imposat per decret; o fent servir la llengua que va arribar amb l'administració, l'exèrcit i l'avidesa dels colonitzadors: una llengua estranya en terres llunyanes, envaïdes i explotades. Per una gent que es consideraven «civilitzats».

És d'aquesta manera, com a norma general, que una llengua deixa de ser local i es menja el món: a causa d'uns fets històrics dels quals més valdria no presumir. Si se'm permet la citació pròpia, «hi ha llengües que creixen (i no pas per un augment sobtat de la natalitat), mentre que d'altres moren (i no pas perquè els homes i les dones hagin deixat d'estimar-se). I per fer morir les llengües no cal assassinar els parlants; no cal fer allò que denunciava l'informe de Berkeley sobre el pas de vint-icinc milions de mexicans autòctons a un milió, en només el temps que va des de principis del segle XVI fins al final del mateix segle; n'hi ha prou amb la persuasió, amb l'extensió dels prejudicis i amb la promoció de la desigualtat: hi ha llengües més i menys cultes, més i menys internacionals, més i menys progressistes». Hi ha llengües locals, per exemple, de les quals un parlant es veu forçat a avergonyir-se.

La naturalesa local de les llengües pateix un daltabaix monumental amb la imposició de models estatals foranis a pobles que s'havien organitzat, tradicionalment, en nuclis relativament petits. Mai a l'Àfrica un ciutadà de Taoudeni, al nord de Mali, s'havia hagut de relacionar amb un habitant de Kangaba, al sud del mateix estat, separats per més de dos mesos de camí: uns mil cinc-cents quilòmetres entre les dues poblacions. La colonització, però, va decidir que un territori de més d'un milió de quilòmetres quadrats, amb vuit milions de persones, quedés convertit en un estat... amb el francès com a llengua oficial. I bé, ja en veiem les conseqüències, en els nostres dies, d'aquestes extensions indegudes i despietades dels models unificadors a l'europea.

Però és que fins i tot Europa és un petit mostrari de llengües també locals: uns trenta-sis estats i una seixantena de llengües. ¿I com resoldrem el problema europeu de les llengües, nosaltres que som tan civilitzats i tan conservacionistes? Val a dir que la mateixa Europa estimada, aquesta de què tant presumim i en què s'han produït les catàstrofes mundials més esgarrifoses, també és un espai generós per a les llengües. Som, doncs, ben naturals des del punt de vista de la diversitat lingüística. I no hi ha cap problema per resoldre, sinó que cal insistir en el respecte més rigorós vers les llengües de cada lloc, rebutjant la idea nefasta que a cada estat només li cal una llengua. Això, ja ho sabem, implicaria la destrucció de la immensa majoria de les cultures del planeta i, sobretot, una violència monstruosa contra centenars de milions de persones que tenen tant dret a parlar i cultivar les seves llengües «locals» com altres afortunats que poden passejar-se per mig món sense deixar la pròpia llengua «internacional».

La solució, democràtica i igualitària, és francament senzilla; i només demana imaginació, mitjans i respecte: cada llengua al seu lloc, sense cap restricció, amb capacitat per assumir tantes funcions com demani el grup de parlants, sense pressions o interferències de fora. I caldrà afavorir els contactes entre els pobles promovent amb força i generositat coses tan naturals com la traducció, directa o en diferit, i l'aprenentatge lliure de llengües. Allà on convingui, és clar, perquè una part substancial de la humanitat hauria de poder viure còmodament (i hi té tot el dret) sense sortir de la seva llengua «local»: una situació perfectament natural i absolutament respectable. Excepte, potser, per a alguns espavilats que s'autoproclamen «ciutadans del món» i que, en el fons del fons, no són res més que provincians d'una altra província i parlants d'una altra llengua local.

14

«Un estat plurilingüe és molt car de mantenir»

Doncs això és exactament el que va dir, ara no fa gaire, una eminència universitària en la presentació d'un d'aquests llibres en què, de llengua, només n'hi ha una: la de l'autor del llibre (R. Lodares), la del llibre i l'oficial de l'estat omnipotent. I no se sap ben bé per què l'eminència en qüestió volia estalviar despeses a l'estat: un estat que, d'altra banda, gasta de valent en projectes bèl·lics de mena diversa, per exemple. Val a dir, també, que l'autor de la frase no es referia, precisament, a l'estat d'Austràlia, on, a més d'unes quantes llengües importades d'Europa, encara se'n mantenen precàriament dues dotzenes d'autòctones: la que més, amb quatre mil parlants; la que menys, amb cinc o sis persones i, doncs, ingressada ja en alguna unitat de cures intensives, amb pronòstic del tot desesperat.

Es referia, l'autor en qüestió, a un estat amb set llengües que, per ordre alfabètic, són aquestes: aragonès, aranès, asturià, basc, castellà, català i gallec. No gaires, perquè si dividim les sis mil llengües del món per doscents estats, el resultat és de trenta llengües per a cadascuna de les entitats polítiques i administratives (com a mitjana i en termes absoluts). ¿I quant deu costar de mantenir, segons l'eminència, un estat com l'Índia, amb més de cinc-centes llengües? ¿Resultarà, ara, que la misèria, en alguns estats, estaria causada principalment per les pobres llengües, la cura de les quals representaria una càrrega econòmica insuportable per a uns governs que, pel que sembla, hi assignarien les partides més grosses del pressupost, per sobre de sanitat, defensa, pensions, ensenyament i obres públiques? ¿Quina mania tenen alguns contra la natural diversitat lingüística? Més encara: ¿no hi ha cap altra manera de concebre l'organització dels estats, una manera que no sigui necessàriament jacobina, insensible i unitarista? En el fons, ¿per què hauria de parlar jo com vós, senyor eminència?

En qüestió de llengües caldria que fóssim amablement tossuts, entre altres raons perquè paguem impostos; tan clar i rodó com això. I ens els han de tornar íntegres i sense cap reserva: sanitat, educació, obres públiques, protecció del medi i, entre moltes coses més, respecte absolut a la diversitat lingüística. I mitjans, tants com calguin, perquè hem fet prèviament el dipòsit dels cabals necessaris.

La idea d'un estat econòmicament sanejat a costa de les llengües és del tot aberrant, i ho entendrem més bé si ampliem els horitzons i forcem la tesi que dóna entrada al capítol. Podríem dir, obligant el nostre interlocutor a ser més conseqüent: «Una Europa amb seixanta llengües és molt cara de mantenir.» Que ens digui per on comencem a retallar i quina haurà de ser la llengua única que salvi Europa de la fallida econòmica. Siguem, encara, més agosarats: «Un món amb sis mil llengües és molt car de mantenir i més difícil de menar.» Tornarem, doncs, al paradís terrenal de la llengua única, al món idíl·lic anterior a la poma enverinada; però la pregunta que resta pendent és del tot inevitable: ¿quina serà la llengua única, sanejadora de finances públiques i globalitzades? De ben segur que haurà de ser la llengua pròpia de l'eminència; és a dir, la llengua per antonomàsia, la de la seva màxima comoditat: una llengua per a un estat, un subcontinent i un planeta. I potser en les seves fantasies, legítimes, l'eminència es veu en antípodes llunyaníssimes sense haver de canviar de llengua: la seva llengua del món. És ben necessari, però, saber distingir les fantasies de les realitats, senyal de bona salut, i no convé anar pel món proposant reduccions de plantilla lingüística: podrien donar lloc a vagues i revoltes. En canvi, no va malament una mica de sensibilitat, perquè darrere de tot això hi ha persones, i grups de persones, que voldrien continuar parlant pacíficament.

No val, doncs, en qüestions com aquestes, l'economicisme pur i dur. El que val és el dret a la salut, l'educació i la llengua, que també forma part del nostre estimat «estat del benestar» o, si es vol, de la manera natural i còmoda de viure plegats. Perquè no hem vingut al món per patir: ni malalties, ni ignoràncies, ni arrabassades de llengua. I és per això que lluitem contra la malaltia i contra la ignorància. I també contra els robatoris lingüístics;

ques; per les mateixes raons i amb el mateix dret: el de ser humans amb dignitat i sense renunciar a res del que ens constitueix com a membres d'una mateixa espècie, legítimament i naturalment diversificats, en un món que voldríem sense barres frontereres.

I com que tot entra en el mateix paquet, l'autor de la frase podria estendre els seus afanys estalviadors a territoris adjacents: «Un estat amb seguretat social generalitzada és molt car de mantenir», «Un estat amb ensenyament públic i gratuït és molt car de mantenir», «Un estat amb pensions dignes és molt car de mantenir», «Un estat amb carreteres i ferrocarrils és molt car de mantenir». Fins i tot, «Un estat amb universitats públiques —com la de l'eminència— és molt car de mantenir». I així podríem continuar indefinidament... ¿fins a la destrucció de l'estat? No, és clar que l'autor de la frase mai no voldria una desfeta total i absoluta de l'invent; i també és clar que no pronunciaria, en cap cas, la frase següent: «Un estat amb sensibilitat és molt car de mantenir.»

Doncs bé, sensibilitat i mitjans envers llengües, cultures i parlants. I justícia distributiva pel que fa a les diferències lingüístiques, que són part de la diversitat del món en què vivim, l'estat per al qual es demana viabilitat econòmica inclòs. I, si cal, que incloguin en la declaració de renda una casella especial com la que dediquen als que volen fer contribucions espirituals: una casella per a les aportacions a la vida digna de les llengües. D'aquesta manera no hauríem de tornar a pagar el que ja hem pagat.

15

«Cal deixar que les llengües s'ho facin totes soles»

Una idea com aquesta és idíl·lica i, alhora, mortífera. És una idea liberal de la vella escola; ni tan sols neoliberal, perquè fins i tot avui es veu la conveniència que els poders públics limitin l'avidesa dels grans grups econòmics i mirin de no deixar massa gent en la marginació. Si més no, perquè la pobresa fa mal a la vista i, a més, podria provocar més d'una revolta. És una idea idíl·lica perquè pressuposa que totes les llengües tindrien els mateixos recursos i possibilitats de supervivència: totes arrencarien de la *pole position*. I és una idea mortífera perquè és clar que això darrer no és veritat: hi ha llengües que tenen un futur llarg i sense núvols; d'altres, en canvi, o no tenen cap més futur que la vida precària dels parlants més vells o, a tot estirar, s'arrossegaran dues o tres generacions, en circumstàncies ben difícils.

És evident que l'anglès, el castellà, el francès, el rus, el xinès i el japonès s'ho poden fer sense cap problema. ¿Com s'ho faran, però, el bretó, el basc, el català o el sard? ¿I com es poden mantenir idees liberals sobre realitats tan diferents, sense tenir la mala consciència de posar en el pendent de la desaparició tot de llengües que potser ja estan en la unitat de cures intensives, amb l'esperança dubtosa d'una recuperació més que problemàtica? La postura liberal del «ja s'ho faran» és una acció directa per tal de tallar-hi qualsevol assistència: fora tubs i medicació, deixem que el pacient trobi per ell mateix la via de sortida. És evident, però, que el jove que s'ha trencat el fèmur tornarà a ballar dintre d'unes poques setmanes; al pacient gran i delicat, en canvi, li pronosticaran una recuperació més llarga, amb exercicis suaus; i mai no se sabrà si haurà de fer servir cadira de rodes per sempre més.

Tot això, dirà algú, són metàfores: les llengües ni es trenquen el fèmur, ni tenen embòlies, ni es refreden. Tampoc hi ha manera d'ingressar una llengua en un centre hospitalari o de sotmetre-la a teràpies de recuperació. És clar que tot això són metàfores encadenades i, doncs, una al·legoria: hi ha llengües «sanes» i llengües «malaltisses» o «delicades de salut». Però les metàfores ens ajuden a entendre la realitat o, si més no, a expressar-la amb més claredat, a fer-la més païdora. Una llengua pot perdre lèxic, com qui perd forces (designatives, en aquest cas); o pot veure's aclaparada per un vocabulari forani per a tot de situacions i objectes que vénen d'un altre país (aquest ben sa i poderós) amb una altra llengua, cosa que provoca una mena d'introducció massiva de cossos estranys. També pot passar que el propi sistema vocàlic llisqui cap al d'una llengua diferent, com si es produís una mutació insospitada; o que determinades estructures sintàctiques s'ajustin punt per punt a les d'una altra llengua, una mena de canvi d'esquelet. El resultat de tot això és que un organisme esdevé un altre organisme; de camí, potser, cap a una llengua global, indiferenciada i insípida.

Seguirem amb l'analogia. Pot passar, també, que la llengua tingui una salut discreta i, fins i tot, envejable; tanmateix, hi ha situacions en què no podrà sortir al carrer perquè no li ho deixen fer. O sí: passejarà una horeta cada matí pel jardinet del barri; ni parlar-ne, però, d'anar al cinema, al futbol i, encara molt menys, de fer un viatge a l'estranger per tal de relacionar-se amb llengües germanes. Si a aquesta situació li afegim l'anterior, la desfeta de les estructures, la llengua ja està sentenciada.

Pel que sembla, els liberals lingüístics es deleixen pel criteri de rendibilitat i per deixar que actuïn les lleis del mercat, sense cap restricció: les llengües fortes, a la glòria; les febles, al canyet (que és on enterren les bèsties mortes). Doncs bé: si aquest és el criteri, començarem per tancar, també, el Prado, el Louvre i el Museu Britànic, que no s'aguanten, ni de bon tros, amb el preu de les entrades. Continuarem tallant tota mena de subvencions i dotacions al cinema, al teatre, a la música, a les biblioteques i als llibres. El pas següent serà privatitzar l'ensenyament i la sanitat: bona educació i bona salut per als qui les puguin pagar, que és el que sembla que passa en un determinat estat que és el model, per antonomàsia, de progrés i modernitat. Això, en virtut de les lleis sacrosantes de la lliure competència. ¿O no?

Doncs, és clar que no. Entre altres raons perquè

les llengües no són cap museu d'arqueologia on s'amunteguen, descontextualitzades, les obres d'un passat llunyà que mai més no tornarà. Les llengües encara són realitats vives sostingudes per grups de persones que van teixint la roba del pensament amb paraules i estructures; una llengua és, a més, el mecanisme privilegiat que ens permet sortir de l'aïllament, i que fa que ens sentim part inalienable d'una cultura: l'individu irrepetible, d'un poble singular, en l'univers plural de l'espècie humana (o, si es vol, a l'inrevés i en paraules de Jespersen: «la llengua, en la humanitat, la nació i l'individu»). D'una espècie que no hauria de ser objecte d'operacions mutiladores o d'accions en què tot i tothom quedés abandonat al joc impur de la llei del més fort.

És clar que cal intervenir en matèria de llengües com, d'altra banda, cal també actuar en l'àmbit de l'educació, la sanitat, l'equilibri territorial, les comunicacions, les polítiques de solidaritat i desenvolupament, la protecció de la massa forestal i la investigació a tots els nivells. I és clar, també, que cal dotar amb mitjans totes les iniciatives, individuals i col·lectives, que facin més plaent i igualitària la vida plural dels humans; una vida que és inseparable de la condició lingüística. Tothom accepta un cert grau d'intervencionisme si es tracta d'expropiar terres per tal de construir-hi hospitals; no oblidem, doncs, les llengües i mirem de prevenir situacions en què no tindríem cap més remei que ingressar-les-hi.

La independència i bona salut d'una llengua es referma i manifesta si pot assumir, sense restriccions, totes les funcions que hi són previstes: des de la parla col·loquial fins als discursos més elaborats; des de la conversa intranscendent a les formulacions científiques. I la vida digna d'una llengua no es pot dissociar de l'ocupació de tots els espais possibles i imaginables en el seu territori històric: l'ensenyament a tots els nivells, la vida laboral i comercial, el lleure, les institucions de tota mena, la retolació urbana, els mitjans de comunicació... Perquè, si una llengua troba vedats tots aquests dominis naturals, s'esllanguirà ràpidament, sense l'oxigen de l'aire exterior. I si no pogués fer sentir la seva veu en algun d'aquests àmbits, posaria en evidència la seva poca força, prèvia a una reacció en cadena cap a la dissolució final.

El llenguatge, com a facultat comuna, és la marca distintiva de la humanitat: esborrat, doncs, el llenguatge, tornaríem a una condició no *sapiens*. Les llengües, al seu torn, no són res més que les manifestacions úniques i imprescindibles de la nostra dimensió humana: no hi ha llenguatge sense llengües. I cada cop que se'n perd una, els fragments del mirall que continuen reflectint la totalitat, cadascun a la seva manera i des d'una perspectiva diferent, són menys i som més pobres. I no hauríem pas de consentir que, al final de la història, només sonés una veu, monòtona i insensible, en un món sense relleu.

Cloenda

¿Hem arribat, potser, al final del camí? No serem pas tan ingenus: els camins mai no s'acaben i, si girem el cap i recordem les lliçons apreses del passat, caldrà continuar fent via amb passes previsores que incorporin la memòria de l'experiència per tal de no estavellar-nos en els rocs que vindran.

Perquè les pedres del futur són de la mateixa llei que les que vam deixar enrere: pedres entropessadores, traïdores i persistents; el fruit d'una mala educació que mai no s'acaba. Encara ens esperen, amb insistència, afirmacions insidioses sobre una suposada superioritat dels homes en relació a les dones; o sobre la incapacitat d'uns pobles per sortir de la pobresa; o les que ens demanaran que deixem de ser com som, en benefici d'altres que són com cal.

També persistiran les pedres lingüístiques, i haurem d'anar en compte de no ensopegar-hi: ens diran que hi ha llengües riques i pobres, internacionals i locals, musicals i aspres, públiques i privades; de cultura algunes, impresentables d'altres. Tot ben clar i bipolar: invitacions al complex d'inferioritat i a la deserció lingüística i cultural.

I, si encara tenim forces i arguments, haurem de demostrar que no vam néixer ahir, que ja fa temps que vam sortir de l'ou i que no estem disposats a portar una vida mental plana o a seguir els dictats d'una filosofia políticament correcta que ens voldria dòcils, uniformats i conservadors. Bones seran, per acabar, les paraules del gran Bertrand Russell: «No cal cap capacitat mental elevada per ser conservador. En canvi, els qui defensen un canvi han de posar en joc almenys un pèl d'imaginació per poder concebre alguna cosa diferent del que ja existeix.» O, encara, això darrer: «L'ortodòxia és la tomba de la intel·ligència.»

Referències bibliogràfiques

BENVENISTE, Émile (1958). «Catégories de pensée et catégories de langage», dins *Problèmes de linguistique générale*. París, Gallimard, 1966, vol. I, p. 63-64.

BERNÁRDEZ, Enrique (1999). *¿Qué son las lenguas?* Madrid, Alianza.

COMRIE, Bernard i d'altres (1996). *The Atlas of Languages*. Londres, Bloomsbury.

COMRIE, Bernard, edit. (1987). *The World's Major Languages*. Londres, Routledge.

CRYSTAL, David (1987). *The Cambridge Encyclopedia of Language*. Cambridge, C. U. Press (trad. cast.: *Enciclopedia del lenguaje*. Madrid, Taurus, 1994).

JACQUARD, Albert (1978). *Éloge de la différence*. París, Du Seuil (trad. cast.: *Elogio de la diferencia*. Barcelona, Granica, 1987).

JESPERSEN, Otto (1925). *Mankind, Nation and Individual*. Londres, Allen and Unwin (trad. cat. de Joan Argenter: *La llengua en la humanitat, la nació i l'individu*. Barcelona, Ed. 62, 1969).

JUNYENT, Carme (1992). *Vida i mort de les llengües*. Barcelona, Empúries.

— (1989): *Les llengües del món*. Barcelona, Empúries.

— (1999): *La diversitat lingüística*. Barcelona, Gela-Octaedro.

MORENO CABRERA, Juan Carlos (1990). *Lenguas del mundo.* Madrid, Visor.

— (1997): *Introducción a la Lingüística. Enfoque tipológico y universalista.* Madrid, Síntesis.

— (2000): *La dignidad e igualdad de las lenguas. Crítica de la discriminación lingüística.* Madrid, Alianza.

PALMER, Gary B. (1996). *Toward a Theory of Cultural Linguistics.* Texas, The University of Texas Press (trad. cast.: *Lingüística cultural.* Madrid, Alianza, 2000).

PERROT, D. V. (1965). *Swahili Dictionary.* Bungay, Hodder and Stoughton.

ROWLANDS, E. C. (1969). *Yoruba.* Bristol, Hodder and Stoughton.

RUSSELL, Bertrand (1967). *Education and the Social Order.* Londres, Allen and Unwin (trad. cast.: *La educación y el orden social.* Cap. 1. Barcelona, Edhasa, 1988.

SAPIR, Edward (1921). *Language. An Introduction to the Study of Speech.* Nova York, Harcourt, Brace and World (trad. cat.: *El llenguatge.* Barcelona, Empúries, 1985).

SIGUAN, Miquel (1995). *L'Europa de les llengües.* Barcelona, Ed. 62.

TUSON, Jesús (1988). *Mal de llengües. A l'entorn dels prejudicis lingüístics.* Barcelona, Empúries.

— (1998): *Històries naturals de la paraula.* Barcelona, Empúries.

— (1999): *Introducció al llenguatge.* Barcelona, UOC-Proa.

Sumari

Part tercera. De mites perversos